브레드 위너

첫 번째 이야기

The Breadwinner

카불시장의 남장 소녀들

데보라 엘리스 지음
권혁경 옮김

나무처럼
Namubooks

차례

1.
편지 읽어주는 직업

"나도 그 편지, 아버지처럼 읽을 수 있는데, 거의 똑같이……."

파바나는 주름진 차도르 속에서 아주 작게 속삭였다.

아버지 옆에 앉은 남자는 카불시장의 다른 남자들처럼 여자의 목소리를 듣고 싶어 하지 않을 테니, 파바나는 감히 큰 목소리를 낼 수는 없었다.

파바나가 하는 일이라고는 아버지가 시장에 나올 때와 일을 마치고 집으로 돌아갈 때 아버지를 부축하는 것이다. 나머지 시간은 머리와 얼굴을 차도르로 가리고는, 담요 위에 가만히 웅크리고 있어야 한다.

원래 파바나는 이렇게 밖에 있으면 안 되는 처지다. 점령군 탈레반이 아프간의 여자는 모두 집 안에만 머물라는 명령을 내렸기 때문이다.

여자아이들은 학교에 가는 것조차 금지당했다. 파바나는 6학년 도중에, 언니 노리아는 고등학교 진학 직전에 학교를 그만두어야 했고, 카불라디오 방송국 작가였던 엄마 역시 직장에서 쫓겨나야 했다. 이후 파바나는 일 년 넘게 작은 방 하나에서 아버지와 엄마, 언니 노리아, 다섯 살 마르얌, 두 살 알리와 살고 있다.

다행히 파바나는 아버지가 걷는 것을 도와 하루에 몇 시간씩은 외출한다. 비록 그것이 딱딱한 시장 바닥에 펴놓은 담요 위에서 한참을 앉아 있는 것을 의미하는 것이긴 하지만 말이다. 적어도 뭔가를 하고 있지 않은가. 심지어 입을 닫고 얼굴을 숨기는 것에도 익숙해졌다.

파바나의 아버지는 고등학교 역사 선생님이었는데, 수업 중에 폭탄이 터져서 한쪽 다리 무릎 아래를 잃었다. 분명히 몸의 내부도 다친 것 같다. 자주 지치는 것을 보면.

"집에 아들이 아기밖에 없어서요."

아버지는 고객들에게 파바나가 옆에 앉아 있는 상황을

설명한다. 그러면 파바나는 잔뜩 웅크리면서 몸을 더욱더 조그맣게 만들곤 한다.

파바나는 겁이 나서 탈레반이 손님으로 오면 감히 쳐다보지도 못한다. 그들의 행동거지를 알고 있기 때문이다. 특히 여자들에게 하는 잔혹한 짓을. 그들은 자기 기준에 못마땅한 여자들을 잔인하게 때리고 채찍질한다. 파바나는 매일 시장에 앉아서 이런 장면을 많이 봐왔다. 그러니 탈레반이 주위에 있을 때면 최대한도로 눈에 띄지 않는 것이 상책이다.

지금은 손님이 아버지한테 편지를 한 번 더 읽어달라고 한다.

"천천히 다시 읽어주시오. 집에 가서 식구들한테 알려줘야 하니."

파바나도 편지를 받고 싶다. 최근 들어 전쟁으로 오랫동안 중단되었던 우편배달이 다시 시작되었다. 파바나의 친구들 중 여럿이 가족과 함께 이 나라를 떠났다. 아마도 파키스탄으로 갔을 것이다. 하지만 확실한 주소를 모르니, 편지를 쓸 수 없다. 파바나네도 폭격 때문에 자주 이사를 해서 친구들도 파바나가 있는 곳을 알지 못한다.

"별들이 저 하늘을 가득 메우듯이, 아프간 사람들도 이 세상을 가득 메울 거야."

아버지는 자주 이렇게 말하곤 한다.

아버지는 손님의 편지를 다시 한번 읽는 것을 마쳤고, 남자는 고맙다고 하면서 값을 치렀다.

"답장 쓸 때 다시 찾아오겠소."

아프간 사람들은 대부분 글을 모른다. 하지만 파바나의 부모는 대학 교육을 받았고, 그들은 여자아이들도 공부를 해야 한다고 생각한다. 이것은 파바나에겐 행운이었다.

해가 질 때까지 손님이 몇 명 더 다녀갔다. 사람들은 대부분 '다리어'로 말하고, 파바나도 다리어를 제일 잘한다. '파슈토어'는 알아듣긴 하지만 완벽히 이해하지는 못한다. 파바나의 부모님은 영어 실력도 유창하다. 특히 아버지는 영국에서 대학을 다녔다. 아주 오래전 일이지만.

카불시장은 꽤나 시끌벅적하다. 남자들이 가족을 먹일 장을 보러 나오고, 행상인들은 물건을 팔려고 그들에게 매섭게 달려든다. 가판대가 있는 가게들도 있는데, 찻집 같은 곳이 그런 곳으로, 커다란 주전자와 수많은 쟁반이 일렬로 쭉 진열되어 있다. 차를 배달하는 소년들은 자리를 뜰 수 없는

상인들에게 차를 배달하고, 다시 빈 컵들을 수거하느라고 카불시장의 구불구불한 거리를 정신없이 질주한다.

"나도 저런 일은 할 수 있는데."

파바나가 속삭였다.

파바나는 구불구불한 시장길을 구석구석 마음대로 휘젓고 다녀서, 시장을 자신의 작은 집만큼 훤히 꿰뚫고 싶었다.

아버지가 고개를 돌려 파바나를 안쓰러운 듯이 바라보더니, 고개를 돌려 지나가는 사람들에게 외쳤다.

"무엇이든 써줍니다! 무엇이든 읽어줍니다! 파슈토어! 다리어! 좋은 물건도 팝니다!"

파바나가 가장 좋아하는 과목은 역사다. 특히 아프간 역사를 제일 잘한다. 아프가니스탄을 정복하려고 수많은 나라가 쳐들어 왔었다. 4천 년 전 페르시아가 처음 아프간을 침략한 이후로 알렉산더대왕, 그리스, 아랍, 터키, 영국이 거쳐서 갔고, 마지막으로 소련이 쳐들어 왔다. 정복자 중에 잔혹한 티무르는 아프간 사람들의 머리를 베어, 과일 가게에 멜론을 쌓아놓은 것처럼 거대한 언덕을 만들기도 했다. 그러나 적들이 아름다운 아프가니스탄을 정복하려고 할 때마다 아프간 사람들은 그들과 맞서 물리쳤다.

그런 아프가니스탄이지만, 지금은 탈레반에 지배당하고 있다. 아프간의 이슬람 극단주의자 세력인 탈레반이 수도 카불을 점령하고, 여자아이들을 학교에 가지 못하게 했을 때 파바나는 그다지 불행하지 않았다. 그때 수학 시험을 봐야 했는데, 시험공부를 안 했고, 발표 수업도 제대로 못 해서, 선생님이 엄마에게 막 알림장을 보낼 참이었다. 그런데 탈레반이 그 모든 일을 해결해주지 않았는가.

"왜 울어? 노는 건 좋은 일인데."

파바나는 울고불고 난리를 치는 노리아에게 말했다.

당시엔 며칠 안에 다시 학교에 다닐 수 있으리라 믿었다. 그즈음엔 선생님이 비밀을 누설할 알림장 보내는 일도 잊어버릴 테니까.

"멍청하긴, 나가!"

노리아가 버럭 화를 냈다.

가족이 모두 한방에서 사는 어려움 중 하나는 완전히 혼자 있을 수 없다는 것이다. 노리아가 있는 곳에 파바나가 있었고, 파바나가 있는 곳에 늘 노리아가 있었다.

파바나 부모님은 아프간 명문가 출신으로, 질 높은 교육을 받았고, 돈도 많이 벌었다. 그들은 정원이 딸린 커다란 저택에서 하인 두세 명과 텔레비전, 냉장고, 자동차를 두고 살았다. 노리아는 혼자 쓰는 방이 따로 있었고, 파바나는 여동생 마르얌과 썼다. 재잘대던 마르얌은 파바나를 잘 따랐다. 가끔 노리아를 피할 공간이 있다는 것은 분명히 멋진 일이었다.

그 집은 폭격으로 파괴되었고, 가족은 여덟 번이나 이사했다. 이사할 때마다 집은 점점 더 작아졌고, 그나마 그 집들도 폭격으로 사라졌다. 그들은 더욱더 가난해졌고, 이제는 작은 단칸방에서 사는 처지가 되었다.

전쟁이 시작된 지는 20년이 훨씬 넘었다. 파바나 나이보다 두 배도 더 된 세월이다.

현대식 무기를 들고 쳐들어온 첫 나라는 소련으로, 그들은 무시무시한 탱크를 밀고 들어왔고, 전투기로 온 나라에 폭탄을 퍼부었다.

파바나는 소련이 물러가기 한 달 전에 태어났다.

"넌 참 끔찍한 애야. 오죽하면 소련이 널 견딜 수 없어서 달아났겠니."

툭하면 노리아가 이렇게 놀렸다.

소련이 떠나고, 소련을 향해 총을 겨누던 사람들은 서로 총부리를 겨누며 아프간의 정권을 잡겠다고 전쟁을 벌였다. 그 과정에서 카불에 많은 폭탄이 떨어졌고, 수많은 사람이 생명을 잃었다.

폭격은 파바나 삶 자체였고, 매일 밤낮으로 폭탄이 떨어져 수많은 집이 파괴되는 장면을 보면서 자라났다.

폭탄이 떨어지기 시작하면 사람들은 폭격을 피해서 이리저리 뛰며 도망을 다녔다. 파바나도 아기였을 땐 업혀 다니다가 커서는 제 발로 도망 다녔다.

탈레반이라는 단어는 종교 학자를 의미한다. 파바나의 아버지는 종교 학자는 사람들에게 더 좋은 인간이 되는 방법, 더 친절한 사람이 되는 방법을 가르쳐야 한다고 했다.

"그런데 탈레반은 아프가니스탄을 더 살기 좋은 곳으로 만들지는 않는구나."

지금도 여전히 카불에 폭탄이 떨어지긴 하지만 예전만큼 빈번히는 아니다. 전쟁은 주로 북부에서 진행되고, 죽음도 대부분 그곳에서 발생한다.

손님 두 명이 더 다녀가고 나서 아버지는 일을 끝내자고 했다. 파바나는 벌떡 일어섰지만 다시 폭 주저앉았다. 발이 저려서 여러 번 주무르고 나서야 겨우 일어설 수 있었다.

우선 팔려고 늘어놓은 접시와 베갯잇, 장신구 등을 그러모았다. 폭격에서 살아남은 것들이다. 남들처럼 그들도 멀쩡한 물건을 팔아서 연명한다. 엄마와 노리아는 틈만 나면 집에 남은 물건이 무엇이 있는지를 살핀다. 카불에서는 많은 사람이 물건을 내다 판다. 그런데도 아직도 물건을 사는 사람이 있다는 사실이 경이로울 정도다.

아버지는 숄더백에 펜과 종이를 집어넣고서, 지팡이와 파바나의 팔에 의지해 천천히 일어섰다. 파바나는 담요의 먼지를 털어서 갠 다음, 걸음을 옮겼다. 아버지는 가까운 거리는 지팡이에 의지해서 그럭저럭 걸을 수 있지만, 먼 거리를 이동할 때는 파바나의 도움이 꼭 필요했다.

"우리 파바나의 키가 내겐 안성맞춤이구나."

"제가 더 자라면 어떻게 하죠?"

"그럼 나도 함께 자라야지."

아버지에겐 의족이 있었는데, 얼마 전에 팔았다. 계획에 없던 일이었다. 의족은 특별 주문으로 만들기 때문에 다른 사람에게는 맞질 않는다. 그런데도 어떤 손님이 담요에 올려놓은 아버지의 의족을 보더니, 다른 물건에는 관심도 보이지 않고 오직 그것만을 사고 싶다고 했다. 아버지는 꽤 비싼 가격에 기꺼이 자신의 다리를 내어주었다.

요즘엔 시장에서 의족을 파는 광경이 흔하다. 탈레반이

여자들을 집 안에 가두었기 때문에 남편들이 아내의 의족을 가지고 나온다.

"아무 데도 갈 데가 없는데, 다리가 왜 필요하겠어?"

남편들은 이렇게 말한다.

한때 카불은 아름다운 도시였다. 노리아는 멀쩡했던 거리와 제대로 작동하는 신호등, 식당과 영화관에 가던 나들이, 옷과 책을 사던 쇼핑 등을 기억하고 있다.

파바나의 삶에서 카불은 폐허일 뿐이다. 다른 것이 있었다는 상상은 들지 않았다. 폭격이 있기 전의 카불에 대한 이야기를 들으면 저절로 가슴이 아려왔다. 파바나는 폭격이 아버지의 건강과 아름다웠던 집을 포함한 모든 것을 앗아갔다는 생각은 되도록 하지 않으려고 했다. 이런 생각은 화가 났고, 화가 난다 해도 할 수 있는 일은 아무것도 없어서 슬퍼졌다.

두 사람은 복잡한 시장을 빠져나와 집으로 가는 옆길로 내려갔다. 파바나는 아버지가 웅덩이에 빠지거나 부서진 벽돌에 부딪혀 다치지 않도록 조심히 안내했다.

"부르카를 입은 여자들은 이런 길을 어떻게 걸어요? 어디로 가고 있는지 어떻게 아나요?"

"그래서 자주 넘어지잖니."

아버지 말이 옳다. 그들이 넘어지는 걸 보지 않았던가.

파바나는 먼 산을 올려다보았다. 저 멀리에 장엄하게 우뚝 솟아 있는 산, 파바나가 가장 좋아하는 산이다.

처음 이곳에 이사 왔을 때 산 이름을 물어본 적이 있다.

"아버지, 저 산 이름이 뭐예요?"

"저건 파바나 산이란다."

아버지가 웃으며 대답했다.

그러자 노리아가 심통 맞은 목소리로 말했다.

"말도 안 돼요."

엄마도 한마디 거들었다.

"아이에게 거짓말하지 마세요."

"산은 사람이 이름을 붙이는 거야. 내가 저 산을 파바나 산이라고 부르면 파바나 산이 되는 거지."

아버지는 한바탕 소리 내어 웃었다. 엄마도, 파바나도, 심술쟁이 노리아도 따라 웃었다. 동생 마르얌은 왜 웃는지 영문도 모른 채 웃음에 합류했다. 그들의 웃음소리가 저 멀리 파바나 산까지 울려 퍼졌다.

파바나와 아버지는 천천히 건물 계단을 올랐다. 그들은 아파트 3층에 살았는데, 그곳 역시 폭격을 받아 이미 절반이 무너진 상태다. 건물 밖으로 나 있는 계단은 지그재그로 올라가야 한다. 이 계단 역시 폭파되어 멀쩡한 곳이 거의 없었고, 난간 일부도 사라졌다.

"난간을 잡지 마라."

아버지가 반복해서 주의를 주었다.

아버지에겐 계단을 오르는 것이 내려가는 것보다는 한결 수월했지만 이 역시 오랜 시간이 걸렸다.

드디어 그들은 현관문 앞에 다다랐고, 안으로 들어갔다.

2.
용감한 말랄라이의 후손

엄마와 노리아는 또 청소 중이다.

아버지는 알리와 마르얌에게 키스하고, 욕실로 가서 발과 손을 씻고 세수를 했다. 그러고는 매트리스에 큰 대자로 누웠다. 파바나는 짐 꾸러미를 내려놓고, 차도르를 막 벗으려는데, 노리아가 말했다.

"물이 다 떨어졌어."

"잠깐 좀 앉아서 쉬면 안 돼요?"

파바나는 엄마에게 물었다.

"물을 채우고 쉬는 게 좋겠어. 어서 서둘러. 물탱크가 거의 비었으니."

파바나는 신음 소리를 내었다. 물탱크가 거의 비었다면 물통을 들고 수도까지 다섯 번은 갔다 와야 한다. 아니 여섯 번. 물통까지 채워야 할 테니.

"어제 엄마가 하라고 할 때 했으면 일이 이렇게 늘진 않았잖아."

물통을 가지러 지나가는데, 옆에서 노리아가 말했다.

노리아는 거들먹거리는 미소를 지으며 머리카락을 어깨 뒤로 젖혔다. 발로 콱 차버리고 싶었다.

길고 숱이 많은 노리아의 머리카락은 참으로 탐스럽다. 반대로 파바나의 것은 가늘고 숱이 적었다. 탐스러운 노리아의 머리카락은 부러움의 대상이고, 노리아도 그것을 잘 알고 뽐냈다.

파바나는 근처 수도까지 가는 내내 투덜거렸다. 물이 가득한 물통을 3층 집까지 들고 오는 일은 정말 최악이다. 노리아를 향한 분노가 힘을 내게 했다. 그래서 계속해서 불평을 늘어놓았다.

"노리아는 물도 안 길어 오고, 엄마도 마찬가지야. 마르얌, 걔는 왜 아무 일도 하지 않는 거야!"

말도 안 되는 소리를 중얼거리고 있다고 생각하면서도

멈출 수가 없었다. 마르얌은 이제 다섯 살이지 않은가. 빈 물통도 1층까지 내리지도 못할 텐데, 한가득 찬 물통이라니. 엄마와 노리아는 외출할 때 부르카를 입어야 하는데, 그걸 입고 물통을 들고 위태로운 계단을 오르내릴 수는 없다. 게다가 남자 없이 밖에 나가는 것은 위험천만한 일이다.

다행히 파바나는 몸집이 작고 어려서, 밖에 나가는 것이 어른 여자처럼 심각한 문제가 되진 않았다. 파바나는 물 긷는 일이 다른 가족은 할 수 없는 자기 일이라는 것을 잘 안다. 가끔 그것이 더욱 화나게 하고, 또 가끔은 뿌듯하게 한다. 그러나 좋고 나쁜 기분과는 상관없이 물은 늘 길어야 했고, 그 일은 언제나 파바나의 몫이다.

마침내 물탱크에도, 물통에도 물이 가득했다. 파바나는 신발과 차도르를 벗고는 바닥에 편히 앉았다. 옆에서 마르얌이 그림을 그렸고, 파바나는 그 모습을 물끄러미 지켜보았다.

"잘 그리네, 마르얌. 언젠가 넌 그림을 팔아 엄청 많은 돈을 벌게 될 거야. 그럼 우린 부자가 될 거고, 궁전 같은 집에서 살 거야. 그렇게 되면 넌 파란색 실크 드레스를 입을 수 있어."

"파란색 실크?"

"그래, 파란색 실크."

그때 엄마가 파바나를 불렀다.

"파바나, 앉아 있지만 말고 와서 좀 도와줘."

엄마와 노리아는 또 벽장을 청소하고 있다.

"3일 전에 청소했잖아요."

"도울 거야, 말 거야?"

속으로는 거부하면서도 파바나는 몸을 일으켰다. 엄마와 노리아는 항상 뭔가를 청소한다. 직업도 없고, 학교도 가지 않는 두 사람이 집에서 할 일은 그리 많지 않다.

"탈레반이 우리에게 집에 있으라고 했지, 그것이 쓰레기 더미에서 살라는 뜻은 아니야."

엄마가 자주 하는 말이다.

파바나는 청소가 지긋지긋하다. 청소는 애써 길어온 물을 낭비한다. 더 싫은 건 노리아가 그 긴 머리를 감는 것이다.

파바나는 작은 방을 둘러보았다. 가구라고는 나무로 만든 키가 큰 벽장과 양쪽 벽에 붙여놓은 매트리스 두 개가 전부다. 벽장은 이 집을 빌릴 때부터 있었는데, 그 안에 넣을 만한 것은 거의 없었다. 이사 오기 전에 있던 가구들은 폭격으로 파괴되었거나 도둑맞았기에.

아주 어릴 때는 카펫이 있었다. 지금도 파바나는 손끝으로 따라가던 복잡하고 화려한 문양의 그림이 생각난다. 이 방엔 시멘트 바닥에 값싼 매트가 깔렸다. 자루가 짧은 빗자루로 매트를 쓰는 일은 보통 파바나의 몫이다.

식구들이 지내는 방은 한 방향으로 열 발자국을 간 다음 방향을 틀어 다시 열두 발자국만 가면 끝이다. 방 끝에는 작은 화장실이 있다. 조리용 작은 프로판 가스레인지는 화장실에 있다. 화장실 높은 벽 위에 작은 구멍이 있어서, 아쉬운데로 환기는 될 수 있다. 다섯 동이가 들어가는 물탱크도 화장실에 있고, 그 옆에 세숫대야가 있다.

아직 쓰러지지 않고 위태롭게 버티는 이 건물에는 다른 사람들도 살고 있다. 파바나는 물을 길러 갈 때나 아버지와 시장에 나갈 때 가끔 이웃을 만나곤 한다.

"탈레반이 이웃끼리 서로 감시하도록 부추기고 있으니, 거리를 두는 게 안전하다."

아버지가 당부한다.

파바나는 이웃과 거리를 두는 것이 안전하긴 하지만 한편으로는 외로운 일이라고 생각한다. 어쩌면 아주 가까운 곳에 또래 친구가 있을지도 모를 일이다. 어쨌든 만난 적은

한 번도 없다. 아버지에겐 책이 있고, 마르얌은 알리와 놀고, 노리아에겐 엄마가 있다. 하지만 파바나에겐 아무도 없다.

엄마와 노리아는 벽장 선반을 박박 닦은 다음, 물건을 도로 제자리에 놓았다.

"시장에 내다 팔 것을 찾았어. 문 앞에 갖다 놔라."

엄마가 파바나에게 지시했다.

파바나의 눈에 밝고 강렬한 빨간색 옷이 들어왔다.

"어, 내 살와르 카미즈! 안 돼. 그건 팔 수 없어요."

"무엇을 팔아야 할지는 내가 결정해. 네가 아니고. 이 옷은 이제 소용없어. 네가 파티에 갈 계획이 아니라면."

파바나는 설득할 수 없다는 걸 안다. 직장에서 쫓겨난 뒤로 엄마는 더 예민하고 날카로워졌다.

파바나는 순순히 물건들을 문가에 옮겨놓았다. 그리고 손가락으로 정교하게 수놓은 곳 위를 쭉 훑었다. 북부 지방인 마자리샤리프에 사는 고모가 이드 축제 선물로 준 것이다. 파바나는 고모가 이 옷을 파는 것에 화를 내주기를 바랐다.

"왜 언니 옷은 안 팔아요? 언니도 밖에 안 나가는데."

"결혼할 때 필요할지도 모르잖아."

노리아는 도도한 표정을 짓고는, 고개를 젖히며 긴 머리카락을 찰랑찰랑했다.

"누가 결혼하게 될지 불쌍하네. 우쭐대는 속물 아내를 얻게 될 테니까."

"그만해."

엄마가 말했다.

파바나는 화가 났다. 엄마는 항상 노리아 편이다. 노리아가 싫다. 엄마도 엄마만 아니라면 미워할 텐데.

호사인의 옷 꾸러미를 집어 든 엄마가 벽장 맨 위 선반에 올려놓는 모습을 본 파바나는 화를 누그러뜨렸다. 호사인의 옷을 만질 때마다 엄마는 슬퍼 보인다.

사실 노리아가 아닌 호사인이 맏이다. 그는 열네 살에 지뢰가 터져 죽었다. 그 후로 엄마와 아버지는 한 번도 호사인 얘기를 꺼내지 않는다. 호사인을 기억하는 것은 너무나 큰 고통이었기에.

노리아가 말해줬는데, 호사인은 잘 웃었고, 여자인 노리아와도 잘 놀았다고 한다. 가끔 노리아가 집에서 놀고 있으면 호사인이 노리아를 향해 공을 찼고, 노리아는 그 공을 받아서 다시 호사인에게로 찼다고 한다.

"호사인 오빠는 널 데리고 잘 놀았지. 널 좋아했어."

노리아 말을 들어보면, 호사인이 파바나를 좋아했음이 틀

림없다. 엄마의 고통스러운 표정을 보자, 파바나는 더는 화를 낼 수 없었고, 조용히 저녁 식사 준비를 도왔다.

식구들은 바닥에 펴놓은 비닐에 둘러앉아서 아프간식으로 먹었다. 음식은 사람을 기분 좋게 한다, 저녁을 다 먹었는데도 한동안 그들은 그대로 앉아 있었다.

알리는 엄마의 무릎에서 잠들었다. 조그마한 주먹에 난 조각을 쥔 채로. 가끔 알리는 자신이 잠든 것을 깨닫고는 일어나려고 하다가 엄마가 일어나지 못하게 꼭 끌어안으면 몇 번 발버둥 치다 이내 잠들었다.

잠시 눈을 붙인 아버지는 살와르 카미즈로 갈아입었다. 잘 생긴 아버지의 긴 턱수염은 말끔히 정돈돼 있었다.

탈레반이 남자들에게 턱수염을 기르도록 강요했을 때 파바나는 수염 난 아버지 얼굴에 익숙해지는 데 오랜 시간이 걸렸다. 수염을 기르지 않았던 아버지도 수염이 있는 자신의 얼굴과 친숙해지는 데 다소 시간이 걸렸다. 게다가 처음엔 가려워서 자주 긁어댔다.

지금 아버지는 아프간 역사 이야기를 하고 있다. 아버지는 역사 선생님이었기에, 파바나는 아버지의 역사 이야기와 함께 자라났고, 그로 말미암아 아프간 역사를 훤히 꿰고 있다.

"1880년 영국이 우리나라를 정복하려고 할 때 우리는 가만히 있었을까?"

아버지가 마르얌에게 물었다.

"아니요!"

마르얌이 대답했다.

"그렇지. 절대 아니지. 많은 사람이 아프가니스탄을 정복하러 왔지만 우리 아프간 사람들이 그들을 모두 물리쳤지. 우리 아프간은 손님을 환호하는 민족이야. 우리는 손님을 왕처럼 대하지. 너희 여자들은 명심해야 해. 집에 손님이 찾아오면 그 남자는 다른 무엇보다도 최우선이야."

"손님이 여자일 수도 있어요."

파바나가 말했다.

"그래, 여자 손님도. 우리 아프간 민족은 손님을 편안하게 해주기 위해서 최선을 다하지. 그게 전통이야. 하지만 누군가가 우리의 집이나 나라에 들어와서는 적과 같이 행동한다면 그때는 당당히 맞서 싸워야지."

"아버지, 그 이야기 해주세요."

파바나가 재촉했다.

이미 몇 번 들은 이야기지만 또 듣고 싶었다.

아버지가 빙긋이 웃었다.

"알았어. 해줄게."

아버지는 이야기를 시작했다.

"1880년, 칸다하르 주변 먼지 구덩이 속에서 아프간 사람들은 영국군과 싸우고 있었어. 끔찍한 전투였고, 많은 사람이 죽었지. 영국군이 승기를 잡았고, 아프간은 항복 직전이었어. 병사들의 정신은 황폐해졌고, 싸울 힘은 없었어. 항복하고 포로가 되는 것이 더 낫다고 생각했지. 그러면 적어도 쉴 수 있고, 어쩌면 생명을 구할 수도 있으니."

파바나는 아버지의 이야기 속으로 빠져들었다.

"그런데 작은 여자아이가 나타났어. 노리아보다도 어렸지. 그 아이는 전투 최전방에 서서 달리며 아프간 병사들을 향해 얼굴을 돌렸어. 소녀는 머리에 두른 베일을 벗고는, 뜨거운 태양 아래 민낯을 드러내며 소리쳤어. 이렇게, '우리는 이 전투에서 이길 수 있다! 희망을 버리지 마라! 힘을 냅시다! 돌격!' 소녀는 베일을 전투 깃발처럼 흔들면서 군대를 지휘했고, 결국 아프간은 승리했지. 여기에 교훈이 있어."

아버지는 두 딸의 얼굴을 번갈아 보았다.

"아프간은 이 세상에서 가장 용감한 여자의 고향이야. 너희는 모두 용감한 여성으로, 용감한 말랄라이의 후손이야."

"우리는 전투에서 이길 수 있다!"

마르얌이 마치 깃발을 든 것처럼 손을 흔들면서 소리쳤다. 엄마는 찻주전자를 슬쩍 옮겼다.

"어떻게 하면 용감해질 수 있나요? 우린 밖에도 못 나가잖아요. 근데 어떻게 전투에서 남자들을 이끌 수 있어요? 그리고 전쟁이라면 지긋지긋해요. 이젠 전쟁이 끝났으면 좋겠어요."

노리아가 물었다.

"전투에는 여러 종류가 있지."

아버지가 조용히 말했다.

"저녁 설거지와 같은 전투를 포함해서."

엄마가 말했다.

아버지가 웃기 시작했다. 파바나도 아버지를 따라 웃었다. 마르얌도. 그러자 엄마와 노리아도 웃었다. 알리가 깨어났다. 모든 사람이 웃고 있으니 저도 따라 웃었다.

가족 모두 웃고 있는데, 느닷없이 군인들이 문을 박차고 들이닥쳤다. 탈레반이다. 그것도 네 명이나.

알리가 맨 먼저 반응했다. 쾅 하는 문소리에 놀라 울기 시작한 것이다.

엄마는 벌떡 일어섰고, 즉시 알리와 마르얌은 구석으로 가서 몸을 쪼그렸다.

노리아는 차도르 속으로 들어가 작은 공처럼 웅크렸다. 가끔 병사들은 젊은 여자들을 강제로 잡아갔고, 그렇게 잡혀가면 돌아오지 않았다.

파바나는 몸을 움직일 수 없었다. 마치 얼어붙은 것처럼 그대로 앉아 있었다. 군인들은 거인 같았다. 머리에 두른 커다란 터번이 그들을 더 거대하게 보이게 했다.

군인 두 명이 아버지의 양쪽 팔을 붙잡았다. 다른 둘은 저녁상을 발로 차며 방을 샅샅이 뒤지기 시작했다.

"놔줘요! 그는 잘못한 것이 없어요."

엄마가 소리쳤다.

"너 왜 영국까지 가서 공부한 거야?"

한 병사가 아버지에게 소리쳤다.

"아프가니스탄은 그런 외국 사상은 필요 없어!"

그들은 아버지를 문 쪽으로 끌고 갔다.

"아프가니스탄은 너 같은 일자무식한 놈을 더 필요로 하겠지."

아버지가 눈을 부릅떴다.

그러자 군인 하나가 아버지의 얼굴을 세차게 내려쳤다. 코피가 아버지의 하얀 살와르 카미즈 위로 뚝뚝 떨어졌다.

엄마가 달려들어 군인들을 주먹으로 마구 때렸다. 엄마는 아버지의 팔을 잡고 군인들 손아귀에서 아버지를 빼내려고 안간힘을 썼다. 그때 한 병사가 소총으로 엄마의 뒤통수를 후려쳤다. 엄마는 바닥에 쓰러졌고, 그는 엄마를 서너 대 더 때렸다.

마르얌과 알리는 엄마가 맞을 때마다 비명을 질렀다. 엄마가 바닥에 쓰러진 걸 본 파바나는 벌떡 일어섰다. 병사들이 아버지를 밖으로 질질 끌고 나가자, 파바나는 아버지의 허리에 팔을 감았다. 병사들이 파바나를 떼어낼 때 아버지 목소리가 들렸다.

"가족을 돌봐다오, 내 말랄라이야."

아버지는 끌려갔다.

파바나는 두 병사가 아버지를 계단 밑으로 끌고 가는 것을 무기력하게 지켜보았다. 아버지의 멋진 살와르 카미즈가 울퉁불퉁한 시멘트에 찢겼다. 군인들이 아버지를 끌고 모퉁이를 돌자, 아버지는 시야에서 사라졌다. 방 안에서는 다른 두 병사가 매트리스를 칼로 찢고 벽장을 뒤지며 물건들을 바닥으로 내던졌다.

아버지의 책! 벽장 맨 밑에는 비밀 칸이 있다. 폭격에서 살아남은 책들을 보관하려고 아버지가 만들어놓은 곳이다. 영어로 된 역사책과 문학책이 들어 있다. 탈레반이 자신들의 사상과 반하는 책은 모두 불태워버리기 때문에 몰래 숨겨놓았다.

군인들은 벽장 맨 위부터 물건을 꺼내기 시작해서 점점 더 아래로 뒤지고 있었다. 옷, 담요, 주전자 등이 바닥으로 내던져졌다. 파바나는 그들이 몸을 구부리며 비밀 칸을 향해 손을 뻗자, 공포에 휩싸였다.

"우리 집에서 나가!"

파바나는 고함을 지르며 있는 힘껏 병사들에게 돌진해 그들을 덮쳐 바닥에 쓰러트렸다. 파바나는 병사들을 주먹으로 몇 대 때렸지만 곧바로 내동댕이쳐졌다. 그리고 등에 몽둥이를 내리치는 소리가 들렸다. 파바나는 두 팔로 머리를 감싸고는 버텼다. 어느 순간, 병사들은 매질을 멈추고는 떠났다.

엄마는 몸을 추스르며 일어나 앉아서 알리를 끌어안았다. 노리아는 여전히 겁에 질려 공처럼 몸을 웅크리고 있다. 파바나를 도우러 온 것은 마르얌이다.

마르얌의 손길이 닿자, 파바나는 처음엔 병사들인 줄 알고 움찔했다. 마르얌이 계속해서 머리를 쓰다듬자, 그것이 마르얌의 손길이라는 것을 알아차렸다. 파바나는 온몸의 고통을 느끼며 일어나 앉았다. 파바나와 마르얌은 벌벌 떨며 꼭 붙어 있었다.

얼마나 오랫동안 넋을 놓고 앉아 있었는지 알 수 없다. 알리는 울다가 지쳐 잠이 들었다. 파바나 가족은 그 후로도 오랫동안 그렇게 있었다.

3.
위험한 외출

그나마 깨끗한 곳을 찾아서 잠든 알리를 조심히 눕혔다.

잠든 마르얌도 알리 곁으로 옮겼다.

"자, 치우자."

엄마가 입을 열었다.

천천히 그들은 방을 치우기 시작했다. 엄마와 노리아는 벽장에 물건을 도로 넣었다. 파바나는 화장실 못에 걸린 빗자루를 가져와 쏟아진 쌀을 쓸어 담고, 행주로 엎질러진 차를 닦았다. 찢긴 매트리스는 내일이나 되어야 수선할 수 있을 것이다.

방 안이 어느 정도 정리되자, 아버지가 빠진 가족들은 각자 잠자리로 가서 누웠다. 파바나는 잠이 오질 않았다. 엄마와 노리아 역시 잠을 이루지 못하고 뒤척였다. 밖에서 나는 소리 하나하나에 아버지가 돌아오거나 탈레반이 다시 오는 소리로 들렸다. 각각의 소리에는 희망과 두려움이 동시에 내포되어 있었다.

아버지의 코 고는 소리가 그리웠다. 부드럽고 경쾌한 소리가. 심한 폭격 속에서 안전한 곳을 찾아 여기저기 이사 다니면서 한밤중에 깨어나면 심한 두려움이 밀려왔다. 그때 아버지의 코 고는 소리가 들리면 안전함을 느꼈다.

오늘 밤, 코 고는 소리는 없다.

아버지는 어디에 계실까? 잠잘만한 곳은 있을까? 춥지 않을까? 배고프진 않을까? 무섭진 않을까?

파바나는 감옥에 가본 적이 없지만 체포된 친척들은 있다. 어느 고모는 정부 정책에 항의하다가 수백 명의 여학생과 함께 체포되었다고 한다. 정권을 잡은 탈레반은 자신들의 정책에 반대하는 사람은 모두 감옥에 가둔다.

"감옥에 간 사람 중에 아는 사람이 없다면 그건 진정한 아프간 사람이 아니지."

엄마가 가끔 말했다.

감옥이 어떤지를 말해주는 사람은 아무도 없었다.

"그런 걸 알기에는 넌 아직 어려."

어른들은 이렇게 말했다.

어른들이 알려주지 않으니 상상할 수밖에. 아마도 그곳은 춥고 어두울 것이다.

"엄마, 불 좀 켜주세요."

파바나가 갑자기 벌떡 일어났다.

"쉿! 알리가 깨겠다."

"불 좀 켜주세요. 아버지가 풀려나서 집으로 온다면 불빛이 필요할 거예요."

"아버지가 어떻게 걷겠니? 지팡이도 여기 있는데. 파바나, 어서 자라. 넌 도움이 되지 않는구나."

파바나는 다시 누웠지만 잠을 잘 수가 없었다. 문득 벽 위쪽에 나 있는 작은 창문이 눈에 띄었다. 탈레반은 밖에서 방 안의 여성을 보지 못하도록 모든 창문을 검게 칠하라고 명했다.

"우린 그럴 필요 없어. 창문이 너무 높고 작아서 아무도 안을 들여다볼 수 없으니."

아버지 말씀대로 그들은 지금까지 창문을 그대로 두었다.

화창한 날에는 가느다란 햇살이 창 안으로 들어왔다. 그
때마다 알리와 마르얌은 햇살이 내려앉는 곳에 가서 앉았
다. 엄마와 노리아도 가끔 합류하곤 했다. 햇살은 잠시 그들
의 팔과 얼굴을 따뜻하게 해주고 사라졌다.

파바나는 창문을 응시했다. 너무 어두워서 어디가 창문이
고 어디가 벽인지 알 수 없었다. 뜬눈으로 밤을 지새웠고,
마침내 아침이 어둠을 뚫고 창문을 훤히 밝히기 시작했다.

아침 빛이 들어오자, 뒤척이던 엄마와 노리아, 파바나는
동생들이 깨지 않도록 조용히 일어나 옷을 입었다. 그들은
아침으로 난을 먹었다. 엄마는 한마디도 하지 않았다. 노리
아가 차를 끓이려고 욕실에 있는 작은 가스레인지에 물을
올려놓으려고 하자, 엄마가 가로막았다.

"어젯밤에 끓여놓은 물이 있으니, 그걸 마시자. 차 마실
시간이 없어. 파바나와 난 감옥에 가서 아버지를 빼내 올
거야."

엄마는 마치 "파바나와 난 시장에 복숭아를 사러 갈 거
야."라고 말하는 것 같았다.

난이 파바나의 입술에서 비닐 테이블 위로 뚝 떨어졌다.
하지만 아무 말도 하지 않았다.

드디어 감옥이 어떻게 생겼는지 보겠구나, 라는 생각이

들었다.

감옥은 집에서 꽤 멀어서 버스를 타야 하는데, 남자와 동행하지 않은 여자는 태우지 않는다. 그 먼 길을 걸어야만 하나? 아버지를 다른 곳으로 보냈으면 어쩌지? 탈레반이 거리에서 검문하면 어떻게 하지? 엄마는 남자 없이 혹은 남편의 외출 허가 쪽지 없이는 집 밖으로 나갈 수 없다.

"언니, 엄마에게 쪽지를 써줘."

"노리아 귀찮게 하지 마. 유치원 아이들처럼 부르카에 쪽지를 꽂고 시내를 활보하진 않을 거야. 난 대학 교육을 받은 사람이라고."

"어쨌든 쪽지를 써. 내가 소맷자락에 넣고 다닐 테니까."

엄마가 욕실에 들어가자, 파바나가 노리아에게 속삭였다.

노리아는 고개를 끄덕이더니, 서둘러서 쪽지에 "내 아내가 밖에 나가는 것을 허락한다."라고 쓰고 아버지 이름으로 서명했다. 노리아의 글씨는 파바나의 글씨보다 훨씬 더 어른스러웠다.

"큰 도움이 되진 않을 거야. 탈레반 대부분이 글을 읽지 못하거든."

노리아가 파바나에게 쪽지를 건네며 속삭였다.

파바나는 대꾸하지 않고, 재빨리 쪽지를 네모로 접어 넣은 소맷자락 끝에 집어넣었다.

갑자기 노리아가 이상한 행동을 했다.

"꼭 돌아와."

노리아는 파바나를 껴안으며 속삭였다.

파바나는 가고 싶지 않았지만 집에서 엄마가 아버지와 함께 돌아오기를 기다리는 일이 더 힘들다는 것을 누구보다도 잘 알고 있다.

"서둘러라, 파바나. 아버지가 기다리신다."

엄마가 밖으로 나가며 재촉했다. 파바나는 신발을 신고 차도르를 머리에 쓰고 엄마를 따라 나갔다. 부르카를 입은 엄마가 부서진 계단을 내려가는 일을 돕는 것은 아버지를 돕는 것만큼이나 힘이 들었다. 엄마는 부르카의 펄럭임 때문에 거의 앞을 볼 수 없었다.

계단을 다 내려오자, 엄마는 주저했다. 생각을 바꾼 것인가. 하지만 곧 엄마는 어깨를 쭉 펴고 등을 꼿꼿이 세우더니, 카불 거리로 성큼 들어섰다.

파바나는 엄마를 좇아갔다. 엄마의 빠르고 넓은 보폭을 따라잡으려면 뛰어야 했다. 하지만 무서워서 뒤처지지는 않았다. 거리에는 여자들이 더러 눈에 띄었는데, 모두 표준 부르카를 입고 있었다. 그래서인지 거의 똑같아 보였다. 순간 엄마를 놓친다면 절대로 찾지 못할 거라는 두려움에 휩싸였다.

가끔 엄마는 남자나 여자, 모여 있는 남자들, 혹은 행상 소년 옆에 멈추어 서서 아버지 사진을 내밀었다. 한마디도 하지 않고 단지 사진만 보여주었다.

그때마다 파바나는 숨을 몰아쉬었다. 사진을 가지고 다니는 것은 불법이다. 그러니 누구라도 엄마를 탈레반에 넘길 수 있다.

사진을 본 사람들은 모두 머리를 흔들어댔다. 많은 사람이 체포되었고, 많은 사람이 사라졌다. 엄마가 아무 말을 하지 않는다 해도 그들은 안다. 무엇을 물어보는지.

풀이챠르키 교도소는 한참을 걸어야 했다. 거대한 요새가 눈앞에 나타났을 즈음 파바나는 다리가 뻐근하고 발이 쑤셨다. 하지만 무엇보다도 두려움이 엄습했다.

감옥은 어둡고 흉측했다. 그 앞에 서니 파바나는 더욱 작아지는 느낌이었다. 말랄라이는 두려워하지 않을 거라는 걸 알고 있다. 말랄라이는 거대한 감옥에서도 군대를 조직해 이끌 것이다. 말랄라이는 입에 침을 바르며 이런 도전을 받아들일 것이다. 말랄라이의 무릎은 자신처럼 후들거리지는 않을 것이다.

엄마도 두려웠을 텐데, 표시를 내진 않았다. 몸을 꼿꼿이
세우고, 교도소 입구로 가서 경비병에게 말했다.

"남편 찾으러 왔습니다."

경비병이 엄마를 무시했다.

"남편 찾으러 왔다고요."

엄마는 다시 말하면서 아버지 사진을 꺼내 한 경비병 얼
굴에 디밀었다.

"어젯밤에 체포됐어요. 남편은 아무런 죄도 짓지 않았어
요. 그러니 풀어주세요."

경비병들이 하나 둘 모이기 시작했다. 파바나는 엄마 부
르카를 살짝 잡아당겼다. 하지만 엄마는 전혀 신경 쓰지 않
았다.

"남편을 찾으러 왔어요."

엄마가 더욱더 크게 계속해서 말했고, 파바나는 부르카를
좀 더 세게 잡아당겼다.

'흔들리지 마라. 내 작은 말랄라이야.'

마음속의 아버지가 말했다.

갑자기 안정이 찾아왔다.

"아버지 찾으러 왔어요!"

파바나가 소리 질렀다.

엄마의 베일 속 두 눈이 파바나를 내려다보았다. 엄마는 손을 뻗어 파바나의 손을 잡았다.

"남편 찾으러 왔어요!"

엄마도 다시 외쳤다.

되풀이해서 파바나와 엄마는 소리를 질렀다. 점점 더 많은 남자가 다가와서 그들을 노려보았다.

"조용히 해. 여긴 너희가 있을 곳이 아니야! 빨리 꺼져버려. 집으로 가!"

경비병이 명령했다.

경비병은 아버지 사진을 낚아채더니 갈기갈기 찢어버렸고, 또 다른 병사가 몽둥이로 엄마를 때리기 시작했다.

"남편을 풀어줘."

엄마는 맞으면서도 소리쳤다.

또 다른 경비병이 합세해 때리더니, 이번에는 파바나를 때리기 시작했다.

경비병은 파바나를 아주 심하게 때리진 않았지만 파바나는 바닥에 고꾸라지며 조각조각 찢어진 아버지 사진 위로 넘어졌다. 그 찰나에 파바나는 사진 조각들을 그러모아 재빨리 차도르에 집어넣었다.

엄마도 쓰러졌다. 하지만 병사들의 몽둥이는 멈추지 않았다. 파바나는 벌떡 일어섰다.

"그만 해요! 갈게요! 갈게요! 간다고요!"

파바나는 엄마를 내리치는 병사의 팔을 잡았지만, 그 순간 마치 파리처럼 바닥에 나뒹굴었다.

"누가 나보고 이래라저래라 해?"

하지만 경비병은 몽둥이는 내려놓았다.

"빨리 꺼져!"

경기병들이 두 사람에게 침을 뱉었다.

파바나는 무릎을 꿇고, 엄마가 일어나도록 팔을 잡았다. 엄마는 파바나에게 기댄 채 일어났고, 두 사람은 절뚝거리며 교도소에서 멀어져 갔다.

4.
이대로 죽어야 한다면

꽤 늦은 시간이 되어서야 집 앞에 다다랐다.

파바나는 너무 피곤해서 엄마에게 기대어 계단을 올라갔다. 아버지가 파바나에게 기댔던 것처럼. 그 어떤 생각도 할 수 없을 정도로 몸 구석구석이 고통스러웠다. 머리에서 발끝까지.

한 걸음 한 걸음 옮길 때마다 발이 화끈거리고 찌르는 것 같은 고통이 전해왔다. 드디어 집에 도착해 신발을 벗으니, 그제야 이유를 알 수 있었다. 먼 거리를 걷지 않은 발에는 물집투성이다. 대부분이 터져서 피로 얼룩지고, 살갗이 벗

겨졌다.

파바나의 발을 보자, 노리아와 마르얌의 눈이 휘둥그레졌
다. 엄마의 발을 보았을 땐 더욱 놀라웠다. 엄마의 발은 훨
씬 더 많이 찢겨 피범벅이었다.

생각해보니, 탈레반이 카불을 정복한 1년 반 동안 엄마는
한 번도 집 밖에 나간 적이 없다. 엄마는 밖에 나갈 수도 있
었다. 부르카도 있지 않은가. 거기다 아버지는 엄마가 원하
면 언제라도 외출할 준비가 되어 있었다. 많은 남편이 아내
가 집에 있기를 바라지만 아버지는 달랐다.

"파타나, 당신은 작가요. 밖에 나가서 무슨 일이 일어나
는지 봐야지. 그렇지 않으면 글을 쓸 소재를 어디서 찾는단
말이오?"

"내가 쓴 글을 읽을 사람이 있나요? 출판은 할 수 있을까
요? 없겠죠. 아마 탈레반은 오래가지 못할 거예요. 아프간
은 영리하고 강해요. 곧 탈레반을 쫓아낼 거예요. 그때가 오
면, 새 정부가 들어서면, 그땐 다시 밖에 나갈 거예요. 그때
까지 난 집에 있겠어요."

"새 정부가 들어서려면 어떤 조처가 필요하지. 당신은 작
가니까 그 임무를 해야지."

아버지가 말했다.

"기회가 있을 때 이 나라를 떠났다면 내 역할을 하고 있었을 거예요."

"우린 아프간 사람이요. 여긴 우리 조국이고. 교육받은 사람들이 모두 이 땅을 떠난다면 누가 나라를 다시 일으킨단 말이오?"

가족 전체가 한방에서 사는 불편함 중 하나는 비밀이란 도저히 있을 수 없다는 것이다.

엄마는 발의 상처가 너무 심해서 방 안으로 들어오는 데 애를 먹었다. 파바나는 자신이 아프고 기진맥진한 것만 생각했지, 엄마의 상태는 미처 생각지 못했었다.

노리아가 도우려고 나섰지만 엄마는 손을 내저었다. 부르카를 벗어서 바닥에 던진 엄마의 얼굴은 눈물과 땀범벅이었다. 엄마는 어제까지만 해도 아버지가 낮잠을 자던 매트리스 위에 푹 쓰러졌다. 그러고는 한참을 울었다.

노리아는 베게에 닿지 않은 엄마의 얼굴을 닦았고, 엄마 발에 난 상처에 달라붙은 흙을 씻겼다. 그리고 얇은 담요를 덮어주었다. 엄마는 그 후로도 한참을 더 흐느끼다가 잠이 들었다.

노리아가 엄마를 돌보는 동안 마르얌은 파바나를 돌봤다. 마르얌은 이를 꽉 물고 집중해서 대야에 물을 떠 왔다. 신통하게 한 방울도 흘리지 않았다. 물에 적신 수건으로, 아직은 어려서 물기를 꽉 짜지는 못했지만, 파바나의 얼굴을 닦았다. 수건에서 뚝뚝 떨어지는 물방울이 파바나의 목을 타고 흘러내렸다. 그 감촉이 시원했다.

파바나는 앉은 채로 대야에 발을 담갔다. 노리아는 저녁 준비 중이다.

"아무것도 알아내지 못했어. 이제 어떻게 하지? 아버지를 어떻게 찾지?"

파바나는 노리아에게 말했다.

노리아가 무슨 말을 했지만 파바나는 알아듣지 못했다. 몸이 몹시 무거웠고 눈이 감기기 시작했다. 눈을 떴을 때는 이미 아침이었고, 아침밥을 하는 소리가 들렸다. 일어나서 도와야 하는데, 생각일 뿐 몸이 움직여지질 않았다.

밤새도록 파바나는 꿈속을 오락가락했다. 탈레반이 고래고래 소리를 지르며 파바나를 때렸다. 파바나는 아버지를 풀어달라고 악을 썼지만 입에서는 한마디도 나오질 않았다. 심지어 파바나는 '나는 말랄라이야. 말랄라이라고!'라고 외쳤는데도, 병사들은 아무런 관심도 두지 않았다.

가장 최악의 장면은 엄마가 맞는 모습을 지켜보는 것이

었다. 마치 아주 멀고도 먼 곳에서 일어나는 광경인 것처럼. 갑자기 파바나는 벌떡 일어났다. 엄마가 저쪽 매트리스 위에 누워 있다.

아, 안심이다. 엄마가 있다.

"욕실 가는 거 도와줄게."

노리아가 말했다.

"필요 없어."

하지만 일어서려는데, 발에서 아주 끔찍한 통증이 밀려왔다. 겨우 노리아의 도움으로 방을 가로질러 욕실로 갔다.

"가족끼리는 원래 의지하는 거야."

파바나가 말했다.

"그러니? 근데 난 누굴 의지하지?"

순간 파바나는 기분이 좀 나아졌다. 얼마나 노리아다운 말인가. 노리아가 심술을 부리는 건 다시 일상으로 돌아왔다는 뜻이다.

세수하고 머리를 정돈하니 한결 가벼워졌다. 씻고 나오자, 찬밥과 따뜻한 차가 기다리고 있었다.

"엄마, 아침 좀 드세요."

노리아가 부드럽게 엄마를 흔들었지만 엄마는 신음하며 노리아를 뿌리쳤다.

화장실에 몇 번 다녀온 것과 노리아가 매트리스 옆에 둔 보온병 차를 두어 잔 마신 것 말고 엄마는 종일 누워 있었다. 벽을 보고 모로 누워서 한마디도 하지 않았다.

다음날이 되자, 파바나는 자는 것도 지겨웠다. 발이 여전히 쓰라리긴 했지만 동생들과 놀아주었다. 어린 동생들은, 특히 알리는, 엄마가 왜 자신에게 관심을 두지 않는지를 이해할 수 없었다.

"엄마는 자는 중이야."

"언제 일어나는데?"

마르얌이 물었다.

파바나는 대답하지 못했다.

알리는 자꾸 문 쪽으로 아장아장 걸으며 그곳을 가리켰다.

"아버지가 어디 계신지 묻는 것 같아. 이리 와, 알리. 공 찾기 놀이하자."

노리아가 말했다.

파바나는 문득 찢어진 사진 조각이 생각나서 꺼내왔다. 아버지 얼굴이 마치 복잡한 퍼즐 같았다. 파바나는 조각들을 바닥에 펼쳤다. 마르얌이 함께 사진 맞추는 일을 도왔다.

한 조각이 없다. 턱 부분을 제외하고 아버지 얼굴은 그대로다.

"테이프가 생기면 우리 함께 붙이자."

파바나 말에 마르얌이 고개를 끄덕였다. 마르얌은 사진 조각들을 그러모아서 깨끗한 천으로 쌌고, 파바나는 그것을 벽장 모퉁이에 넣었다.

셋째 날쯤 되자, 파바나는 이제 기어 다닐 정도는 아니었다. 하도 심심해서 집안일을 좀 해볼까 하다가, 엄마에게 방해될 것 같아 참았다. 어느 순간 네 아이는 모두 벽에 등을 대고 앉아 엄마가 자는 모습만 지켜보았다.

"곧 일어나야 할 텐데. 평생 저렇게 누워 있을 순 없어."

노리아가 말했다.

앉아 있는 것도 지겨웠다. 이 집에서 1년 반이나 살았는데, 언제나 할 집안일이 있었고, 아버지와도 시장에 왔다 갔다 해야 했다.

이런 시간에 책을 읽으면 좋을 것 같다. 하지만 집에 있는 책이라곤 아버지의 비밀 책뿐이다. 감히 그 책들을 비밀장소에서 꺼낼 수는 없다. 탈레반이 다시 들이닥친다면 어찌한단 말인가? 책이야 당연히 빼앗길 것이고, 책을 가졌다는 이유로 아마도 가족 모두 처벌을 받게 될지도 모를 일이다.

알리의 행동이 이상했다.

"알리가 아픈가?"

"엄마가 그리워서 그래."

알리는 노리아의 무릎에 앉아 있다. 알리는 바닥에 내려놓아도 기어 다니지도 않고, 엄지손가락을 빨며 웅크리고만 있었다. 거의 울지도 않았다. 알리의 시끄러운 소리를 듣지 않는 것은 좋은 일이었지만, 이런 모습을 보는 것은 더욱 힘든 일이다.

방에서 냄새가 났다. 노리아가 물을 아껴 써야 한다고 했기 때문에 다들 씻지도 청소도 하지 않았다. 알리의 더러운 기저귀는 욕실에 차곡차곡 쌓여 갔다. 창문은 너무 작아서 방의 악취를 몰고 갈 바람은 들어오질 않았다.

4일째, 먹을 것이 동이 났다.

"먹을 것이 없어."

노리아가 파바나에게 말했다.

"나한테 말하지 말고 엄마한테 말해. 엄마는 어른이잖아. 엄마가 해결해야지."

"엄마를 괴롭히고 싶지 않아."

"그럼 내가 말할게."

파바나는 엄마의 매트리스로 가서 조심스럽게 흔들었다.

"엄마, 먹을 게 없어요."

아무런 대답이 없다.

"엄마, 먹을 게 하나도 없어요."

엄마가 뿌리쳤다.

파바나는 다시 좀 더 세게 흔들었다.

"엄마를 내버려 둬!"

노리아가 파바나를 확 잡아챘다.

"힘들어하시는 거 안 보여?"

"우리 모두 다 힘들어. 다 배고프고."

파바나는 소리를 지르고 싶었지만 어린 동생들이 놀랄까 봐 자제했다. 그 대신에 노리아를 노려보았다. 파바나와 노리아는 한참을 서로 째려보았다.

그날 하루는 모두 배를 곯았다.

"먹을 게 다 떨어졌다고."

노리아가 다시 파바나에게 말했다.

"난 밖에 안 나가."

"나가야 해. 너밖에 나갈 사람이 없어."

"아직 발이 아파."

"발은 이제 괜찮아. 네가 음식을 구해오지 않으면 우리는 모두 굶어 죽어. 빨리 좀 나가."

파바나는 여전히 누워 있는 엄마를 바라보았다. 그리고

알리를 보았다. 배고픔에 지쳐 있고 부모의 애정이 필요한. 마르얌을 보았다. 두 뺨이 움푹했다. 마지막으로 노리아를 보았다. 두려움에 떨고 있다. 만약 자신이 나가지 않는다면 스스로 음식을 구하러 밖에 나가야 할 것이다.

지금 노리아는 내 손안에 있다, 노리아가 나를 비참하게 만든 만큼 나도 노리아를 비참하게 만들 수 있어, 라고 생각했다.

놀랍게도 이런 생각이 하나도 즐겁게 않았다. 아마도 너무 피곤하고 너무 배가 고파서일 것이다. 파바나는 등을 돌려 노리아를 외면하는 대신에 노리아 손에 있는 돈을 낚아챘다.

"뭘 사오면 돼?"

5.
도움의 손길

아버지 없이 시장에 오니, 참으로 낯설었다.

파바나는 아버지가 평소에 앉던 담요에 앉아서 고객의 편지를 읽어주고 써주는 모습을 볼 거라는 막연한 기대를 했었다.

여자들은 가게에 들어갈 수 없어서 남자들이 장을 본다. 여자들이 장을 보려면 가게 밖에 서서 필요한 것들을 외쳐야 한다. 상점 주인이 가게 안으로 들어온 여자들을 때리는 것을 본 적이 있다.

어찌해야 좋을까. 가게 밖에서 물건을 주문한다면 부르카를 입지 않은 것이 문제가 될 수 있다. 또 가게 안으로 들어 간다면 여자처럼 행동하지 않은 걸 문제 삼을 텐데.

일단 난부터 사고 결정하기로 했다. 빵집은 노점 진열대 니까.

파바나는 차도르를 꽉 조여 겨우 눈만 보이게 한 후 손가 락 열 개를 펴 보였다. 난 열 덩이를 사겠다는 뜻이다. 파바 나는 난 네 덩이가 오븐에서 더 나올 때까지 기다려야 했 다. 종업원이 신문지에 빵을 싸서 건네주자, 쳐다보지도 않 고 돈을 냈다.

빵은 따뜻했고, 맛있는 냄새가 코를 자극했다. 빵 냄새가 나니, 배고픈 것이 생각났다. 한입에 이 모든 빵을 삼킬 수 있을 것 같았다.

다음엔 청과물 가게에 가야 한다. 약간 어물쩍대는데, 뒤 에서 누군가가 소리를 질렀다.

"그렇게 입고, 거리에서 뭐 하는 거야?"

획 돌아보니, 탈레반이 노려보고 있었다. 눈은 분노에 차 있었고, 손에는 몽둥이를 들고 있었다.

"가려야 할 거 아니야! 네 아버지가 누구야? 네 남편은 누구고? 그런 차림으로 거리를 활보하게 하다니, 그놈들 혼 좀 나야겠군!"

탈레반은 파바나의 어깨를 몽둥이로 내리쳤다. 아픔을 느낄 겨를도 없었다.

아버지를 처벌한다고?

"그만 때려요!"

파바나가 고함을 질렀다.

순간 탈레반이 멈칫했다. 그가 잠시 주춤한 사이 파바나는 냅다 도망쳤다. 달리면서 채소 진열대 순무 더미에 부딪혀 순무가 길거리로 떨어져 나뒹굴었다.

따끈따끈한 난을 가슴에 움켜 안은 채 숨도 안 쉬고 뛰었다. 샌들 소리가 딱딱 나자 사람들이 노려보았지만 상관없었다. 가능한 한 빨리 탈레반에게서 멀어지는 것이 상책이다.

얼른 집에 가야한다는 생각뿐이었고, 아이를 안은 한 여자 바로 옆을 달릴 때였다.

"파바나?"

무시하고 지나치려 했으나 여자가 파바나의 팔을 꽉 잡아당겼다.

"파바나 맞네! 그런데 왜 빵을 그렇게 들고 가니?"

부르카에서 나오는 목소리는 귀에 익은데, 누군지는 알 수 없었다.

"애야, 말을 해! 시장에 전시해놓은 생선처럼 입만 벌리고 있지 말고."

"위라 아줌마?"

"그래, 맞아! 얼굴이 가려져 있다는 걸 자꾸 깜빡하네. 그런데 넌 왜 그렇게 뛰고 있니? 맛있는 빵은 왜 그렇게 짜부라뜨렸어?"

파바나는 울음을 터뜨렸다.

"탈레반이…… 탈레반에…… 쫓기고 있어요."

"울지 마라. 그런 상황에서는 그렇게 뛰는 게 현명하지. 늘 네가 똑똑한 아이라고 생각했는데, 그 생각이 옳았다는 걸 지금 증명해줬구나. 잘했다! 그런데 그 빵을 들고 어디로 가는 길이니?"

"집에요. 거의 다 왔어요."

"같이 가자. 나도 네 엄마와 연락하고 싶었거든. 잡지를 만들려고 하는데, 네 엄마가 딱 적임자지."

"엄마는 이제 글을 쓰지 않아요. 제 생각엔 하지 않을 거예요."

" 에이, 그럴 리가! 어서 가자."

위라 아줌마는 아프간여성협회에서 엄마랑 일했었다. 아줌마는 엄마가 자신의 방문을 꺼리지 않을 것이라고 확신

하고 있었다. 그렇기에 파바나는 순순히 앞장섰다.

"그 빵 좀 살살 쥐어라! 네 팔에서 갑자기 튀어나오진 않을 테니."

아줌마가 말했다.

집 계단 앞에 이르렀을 때 파바나는 위라 아줌마를 돌아보았다.

"엄마 말인데요. 잘 지내지 못해요."

"그렇다면 잘됐구나. 잠깐이라도 들려서 돌봐 줘야지."

파바나는 말을 더는 잇지 못하고 계단을 올라가 문을 열었다.

노리아는 우선 파바나를 보았다.

"이게 다야? 쌀은? 차는? 이걸로 어떻게 지내?"

"너무 뭐라고 하지 마. 장을 다 보기도 전에 쫓겨 왔으니."

위라 아줌마가 안으로 들어오더니, 부르카를 홀러덩 벗었다.

"위라 아줌마!"

노리아가 소리쳤다.

안도감이 그녀의 얼굴에 밀려왔다. 보호해줄 사람이 나타난 것이다. 자신의 두 어깨에 올려진 책임감을 어느 정도

떠맡아줄 사람이.

위라 아줌마는 안고 온 아이를 알리 옆 매트리스에 앉혔다. 두 아이는 경계하듯 서로 응시했다.

탈레반에게 직업을 빼앗기기 전에는 체육 선생님이었던 위라 아줌마는 키가 크고 몸은 건장하다.

"이게 도대체 무슨 일이래?"

아줌마는 성큼성큼 빠르게 욕실로 가더니 악취의 근원을 찾아냈다.

"이 기저귀들을 왜 빨지 않은 거야?"

"물이 다 떨어졌는데, 무서워서 밖에 못 나가겠어요."

노리아가 대답했다.

"넌 무섭지 않지, 파바나?"

아줌마는 파바나에게 대답할 시간을 주지 않고 말을 이었다.

"물통을 가져와. 팀을 위해서. 자 힘내자."

위라 아줌마는 여전히 하키 시합에서 선수들에게 최선을 다하도록 격려하듯이 말한다.

"화타나는 어디 있어?"

노리아가 담요를 덮고 누워 있는 엄마를 손가락으로 가리켰다. 엄마는 신음하며 더욱더 몸을 움츠렸다.

"주무세요."

"저러고 있는지 얼마나 됐니?"

"4일이요."

"아버지는?"

"체포되었어요."

"이해가 되는군."

아줌마는 빈 물통을 들고 서 있는 파바나에게 시선을 돌렸다.

"비가 와서 물통이 스스로 채워지기를 기다리는 거니? 서둘러."

파바나는 일곱 번이나 계단을 오르내렸다. 처음 두 번은 위라 아줌마가 계단 꼭대기에서 물통을 받아 안으로 들여놓고, 다시 빈 물통을 파바나에게 건네었다.

"우선 당장 네 엄마를 깨끗이 씻겨야겠다."

그 이후 파바나는 평소처럼 혼자서 물탱크를 가득 채웠다. 아줌마는 엄마를 일으켜서 씻겼다. 엄마는 파바나를 주목하진 않았다.

파바나는 팔이 쓰라렸고, 물집이 잡혔던 발에서 다시 피가 나기 시작했다. 하지만 개의치 않고 그냥 물만 길었다. 식구들에겐 물이 필요했고, 아버지도 자신이 그렇게 하기를 바랄 것이기 때문이다. 위라 아줌마도 있고, 엄마도 일어났으니, 상황이 좀 나아질 것이다. 엄마는 자신의 역할을 다 할 것이다.

일곱 번을 왔다 갔다 하고 나서야 위라 아줌마가 파바나를 멈춰 세웠다.

"물탱크도 채웠고, 대야도 채웠고, 물통도 다 채웠으니, 이제 됐어."

파바나는 아무것도 먹지도 마시지도 않고 물을 긷고 나니 어지러웠다. 물이라도 당장 마시고 싶었다.

"너 미쳤어?"

파바나가 물탱크에서 물을 한 컵 뜨자, 노리아가 소리쳤다.

"끓여서 먹어야 하는 거 알잖아!"

끓이지 않은 물이 사람을 아프게 한다는 사실을 알지만, 파바나는 너무 목이 말라서 컵을 입으로 가져갔다.

노리아가 컵을 낚아챘다.

"멍청한 것 같으니! 그래 어디 좀 아파 봐라! 너처럼 천치 같은 애가 어디 있겠니?"

"파바나, 그건 팀 정신에 어긋나는 행동이야. 노리아, 저녁 먹게 동생들을 씻겨주겠니? 씻을 땐 찬물을 사용해라.

우선 끓인 물은 마시도록 하자."

위라 아줌마가 말했다.

파바나는 방으로 가 쓰러지듯 주저앉았다. 엄마는 앉아 있었다. 깨끗한 옷을 입고, 머리는 단정히 빗어서 뒤로 묶었다. 이제야 엄마다웠지만 여전히 피곤해 보였다.

위라 아줌마가 뜨거운 물 한 컵을 파바나에게 건네었다.

"조심해라. 무척 뜨거우니."

파바나는 호호 불어 후다닥 마시고, 한 컵을, 또 한 컵을 더 마셨다.

위라 아줌마와 아줌마의 손녀는 그날 함께 잤다. 파바나는 잠결에 엄마와 노리아가 조용히 이야기하는 소리를 들었다. 위라 아줌마는 파바나가 탈레반에게 쫓겼던 일을 들려주었다.

잠들기 전에 파바나가 들은 마지막 말은 위라 아줌마의 말이었다.

"뭔가 수를 내야 해."

6.
위대한 변신

그들은 파바나를 남자아이로 바꾸려고 한다.

"남자라면 시장을 들락날락할 수 있으니, 필요한 것을 맘대로 살 수 있어. 아무도 너를 막지 않을 거야."

엄마가 말했다.

"완벽한 해결책이야."

위라 아줌마가 거들었다.

"넌 잘랄라바드에서 온 사촌이야. 아버지가 안 계신 동안 우리를 돌보려고 온 거야."

노리아가 말했다.

파바나는 세 사람을 빤히 쳐다보았다. 마치 그들의 말은 외국어 같아서 도통 무슨 말인지 이해할 수 없었다.

"만약 누가 너에 관해 물으면 쿤두즈에 있는 숙모한테 갔다고 할게."

엄마가 말했다.

"하지만 아무도 너에 관해 묻진 않을 거야."

이 말에 발끈한 파바나는 고개를 확 돌려 노리아를 노려보았다. 뭔가 한마디 해주고 싶었지만 할 말이 생각나지 않았다. 결국 사실이니까. 탈레반이 학교를 폐쇄한 후 친구들을 만난 적은 단 한 번도 없었다. 친척들도 전국 방방곡곡에, 심지어는 다른 나라에까지 흩어져 살고 있다. 안부를 물을 사람은 아무도 없다.

"호사인 옷을 입으면 되겠어."

엄마의 목소리가 들렸고, 순간 엄마는 울 것처럼 보였다. 하지만 잘 참아내고 있었다.

"좀 크겠지만 고칠 수 있어. 오랫동안 주인이 없었는데, 이제 주인을 만날 때가 되었네."

엄마는 위라 아줌마를 흘끗 보았다.

아줌마와 엄마는 밤새 많은 이야기를 나눈 것 같았다. 기뻤다. 엄마는 이미 정상으로 돌아왔다. 하지만 이 계획을 받아들일 순 없다.

"말도 안 돼요. 난 남자처럼 생기지 않았어요. 머리도 길고요."

노리아가 벽장 문을 열고 반짇고리에서 가위를 꺼내 높이 치켜들고는 싹둑싹둑 소리를 내면서 무척 재미있다는 듯이 파바나를 바라보았다.

"내 머리 못 잘라!"

파바나가 두 손을 머리에 올렸다.

"네가 남자처럼 보이려면 딴 방법이 없지 않겠니?"

엄마가 물었다.

"언니 머리카락을 자르면 되잖아요! 언니가 날 책임져야지, 왜 내가 언니를 책임지냐고요!"

"아무도 날 남자로 보진 않을 거야."

노리아가 자기 몸을 내려다보며 침착하게 말했다.

노리아의 그런 침착한 모습에 더 화가 났다.

"나도 곧 언니처럼 될 거예요."

"그건 희망일 뿐이고."

"그때까지만 하자고, 그때까지 선택의 여지가 없어. 누군가는 밖에 나가야 하는데, 그나마 남자처럼 보이는 건 너뿐이야."

엄마가 재빠르게 끼어들며 말했다.

파바나는 곰곰이 생각에 잠겼다. 머리가 얼마나 긴지를 보려고 손가락을 등에 갖다 대 보았다.

"이건 네가 결정해야 해. 우리가 머리를 자르도록 강요할 순 있지만, 밖에 나가서 남자 행세를 해야 하는 건 바로 너야. 우리가 요구하는 것이 얼마나 위험한 일인 줄은 잘 알지만, 난 네가 할 수 있을 거라고 생각해. 넌 어떠니?"

위라 아줌마가 말했다.

위라 아줌마 말이 옳다. 그들은 파바나를 꼭 붙잡고 머리를 자를 수는 있겠지만 그걸로 끝이다. 파바나의 협조가 꼭 필요한 일이다.

이런 사실을 인식하자, 결정을 내리기가 쉬웠다.

"좋아요. 해볼게요."

"잘했다. 바로 그 정신이야."

위라 아줌마가 말했다.

노리아가 다시 가위를 덥석 잡았다.

"내가 자를게."

"내가 할게."

엄마가 가위를 빼앗았다.

"지금 자르자. 자꾸 생각해봤자 더 힘들기만 할 테니."

파바나와 엄마는 욕실로 갔다. 욕실 시멘트 바닥이 머리카락을 치우기에는 한결 수월했으므로. 엄마는 호사인의 옷을 꺼냈다.

"머리카락 자르는 거 보고 싶니?"

엄마가 거울을 향해 고개를 끄덕이며 물었다.

파바나는 고개를 저었다가 곧 마음을 바꾸었다. 어쩌면 마지막으로 보는 긴 머리카락일지도 모르는데, 가능하면 오랫동안 보고 싶었다.

엄마는 빠르게 일을 진행했다. 우선 목선을 기준으로 해서 한꺼번에 싹둑 잘라낸 머리카락을 파바나가 볼 수 있도록 들어 올렸다.

"예쁜 리본으로 묶어서 보관하자."

파바나는 엄마 손에 들린 머리카락을 물끄러미 바라보았다. 자르기 전에는 그토록 소중했는데, 이젠 더는 소중해 보이지 않았다.

"아니에요. 버리세요."

"네가 아무런 미련이 없다면야."

엄마는 머리카락을 바닥에 떨어뜨렸다.

머리카락이 점점 사라질수록 파바나는 다른 사람이 되어 갔다. 얼굴 전체가 드러났고, 남은 머리카락은 귀 주변에서 곱실거리는 짧은 머리가 전부였다. 눈을 가리고, 바람 부는 날이면 엉키고 비에 젖으면 영원히 마를 것 같지 않던 긴 머리카락은 사라졌다.

이마가 훨씬 넓어 보였고, 눈도 더 커 보였다. 두 눈을 크게 뜨면 세상 모든 것이 다 보일 것만 같았다. 두 귀도 더 튀어나온 것처럼 보였다.

좀 웃긴 걸, 하지만 나쁘지 않아, 얼굴이 예쁘네, 라고 생각했다.

엄마는 두 손으로 거칠게 파바나 머리에 남은 잔털을 툭툭 털어냈다.

"옷 갈아입어라."

엄마는 욕실을 나갔다.

파바나는 손으로 머리를 쓸어보았다. 처음에는 아주 조심스럽게 만지다가 곧바로 머리 전체를 손바닥으로 문질러보았다. 좀 뻣뻣하기도 하고 부드럽기도 했는데, 손에 닿는 느낌이 간지러웠다.

마음에 들어, 라고 생각하며 씩 웃었다.

옷을 벗고 오빠 옷으로 갈아입었다. 오빠의 살와르 카미즈는 진한 녹색이다. 셔츠와 바지가 너무 헐렁해서 셔츠를 바지 안에 넣어 바지춤을 둘둘 말아서 허리까지 올렸다.

셔츠 왼편 가슴 근처에 주머니가 있는데, 그 속에 돈을 넣을 수 있고, 사탕이 있다면 몇 개 넣어도 충분할 정도였다. 앞에 또 다른 주머니가 있다. 주머니가 있다는 것은 유용하다. 주머니가 있는 여자들 옷은 없다.

"파바나, 아직 옷 안 갈아입었니?"

파바나는 거울에서 시선을 떼고, 가족이 있는 방으로 왔다.

파바나를 처음으로 본 건 마르얌이었는데, 누군지 알 수 없다는 표정으로 파바나를 쳐다보았다.

"나야, 마르얌."

"파바나 언니!"

마르얌이 파바나를 알아보고 소리 내어 웃었다.

"호사인."

엄마가 속삭였다.

"남자가 훨씬 더 잘 어울리는데."

노리아가 빠르게 말했다.

"멋지구나."

위라 아줌마가 말했다.

"이것을 써라."

엄마가 파바나에게 모자를 건네었다. 아름다운 수가 놓인 흰색 모자다.

"이 돈으로 네가 어제 사오지 못한 것을 사 와."

엄마가 말하며 파바나 어깨에 아프간 남자들의 숄인 파쿨을 걸쳐주었다. 아버지의 것이다.

"빨리 돌아와."

파바나는 주머니에 돈을 넣고 신발을 신고는 차도르를 집으려고 했다.

"이제 그건 필요 없어."

노리아가 말했다.

깜빡했다. 갑자기 두려움이 엄습했다. 사람들이 얼굴을 보게 될 텐데. 남자가 아니라는 걸 알아차리면 어쩌지.

파바나는 엄마를 돌아보며 애원했다.

"나한테 이런 일 시키지 마요."

"뭐라고? 역시 넌 지독한 겁쟁이야."

노리아가 불쾌감을 감추지 않았다.

"언니는 안전한 집에 있으면서 누구보고 겁쟁이라는 거야!"

파바나는 몸을 홱 돌려서 문을 쾅 닫고 밖으로 나왔다.

거리로 나온 파바나는 서서 사람들이 자신을 보고 손가

락질하며 가짜라고 소리 지를 때까지 가만히 기다렸다. 하지만 아무도 그러지 않았다. 파바나에게 관심을 두는 사람은 없었다. 사람들이 파바나를 무시하면 할수록 자신감이 생겼다.

이젠 햇빛에 얼굴을 내놓은 채 모든 것을 다 볼 수 있다. 파바나는 단지 길거리에 나다니는 한 남자아이일 뿐이었다. 주목할 가치가 없었다.

차와 쌀, 채소들을 파는 가게에 다다르자, 순간 주저했지만 당당히 안으로 들어갔다.

난 남자야, 라고 파바나는 맘속으로 계속해서 다짐했다. 그러자 용기가 생겼다.

"뭐 줄까?"

"차…… 차 좀 주세요."

파바나가 약간 더듬거렸다.

"얼마나? 어떤 걸로?"

가게 주인은 퉁명스러웠다. 하지만 일상의 퉁명스러움이지, 가게 안에 여자가 있어서 화가 난 퉁명스러움은 아니다.

파바나는 늘 집에서 마시던 차를 가리켰다.

"이게 제일 싼가요?"

"이게 더 싸."

주인이 다른 차를 보여주었다.

"그럼 이걸로 살게요. 쌀도 5파운드 주시고요."

"이번에도 가장 싼 쌀로 달라고 하진 말게, 젊은이."

파바나는 차와 쌀을 안고 가게를 나오면서 스스로 무척 자랑스러워했다."

"내가 해냈어!"

파바나는 속삭였다.

채소 가게에서 싼 양파도 샀다.

"자, 봐봐! 내가 뭘 사 왔나! 내가 해냈어, 내가 장을 봐왔다고! 아무도 날 괴롭히지 않았어."

파바나는 집 안으로 물건을 잔뜩 안고 들어오면서 소리쳤다.

"파바나 언니!"

마르얌이 뛰어와 안겼다.

엄마는 다시 매트리스에 벽을 바라본 채 누워 있었고, 그 옆에서 알리는 엄마의 관심을 끌려고 엄마를 톡톡 치면서 옹알거렸다.

"엄-마."

노리아는 파바나로부터 사 온 것을 받아들고는, 물통을

건네었다.

"신발 신은 김에."

"엄만 왜 저래?"

"쉿! 조용히 해! 엄마한테 들려. 네가 오빠 옷 입은 걸 보고 속상하셨나 봐. 어쩌겠어. 또 위라 아줌마가 가셔서 슬픈가 봐. 자, 빨리 가서 물이나 떠와."

"어제도 떠왔잖아!"

"청소할 게 너무 많아. 알리 기저귀도 다 떨어졌어. 물 떠오는 일이 기저귀 빠는 일보다 낫지 않니?"

파바나는 물을 길어왔다.

"계속 그 옷 입고 있는 게 좋겠어. 생각해봤는데, 밖에서 남자면 안에서도 남자여야 할 것 같아. 만약 누구라도 오면 어쩌겠어?"

일리 있는 말이다.

"엄마는 어쩌지? 내가 늘 오빠 옷을 입고 있으면 엄마도 계속 속상할 텐데?"

"익숙해져야지 뭐."

처음으로 노리아의 얼굴에서 지친 표정을 보았다. 노리아는 열일곱 살보다 훨씬 나이가 들어 보였다.

"저녁밥 짓는 거 도울게."

"네가? 돕는다고? 방해만 되는데."

기분이 상했다. 노리아에게 잘해주는 건 불가능한 일이다.

엄마는 저녁을 먹으려고 일어나서 밝은 척하려고 애썼다. 파바나가 시장에서 물건을 사 온 이야기를 듣고 칭찬해주었지만, 파바나를 보는 것이 고통스러운 듯 눈길을 피했다.

밤늦게 모두 잠자리에 들었는데, 알리가 좀 칭얼거렸다.

"잘 자라, 호사인. 잘 자라, 아들아."

엄마의 목소리가 들렸다.

7.
어느 병사의 눈물

다음날 파바나는 아침을 먹고 다시 나갔다.

"아버지가 쓰던 필기도구와 담요를 들고 나가라. 어쩌면 돈을 좀 벌 수 있을지도 모르잖아. 넌 항상 아버지를 지켜 봤으니까, 아버지가 하던 일을 할 수 있을 거야."

좋은 생각이다. 어제 장도 잘 보았지 않은가. 돈만 벌 수 있다면 집안일을 하지 않아도 될 것이다. 이제 남잔데, 그런 일을 왜 한단 말인가?

시장으로 향하는 파바나는 긴 머리카락의 무게도, 차도르의 무게도 느낄 수 없어 날아갈 듯 가벼웠다. 따뜻한 햇볕

을 민얼굴에 느꼈고, 산에서 불어오는 신선한 바람도 마음
껏 즐겼다.

아버지의 숄더백을 가슴에 사선으로 매었다. 가방이 길어
다리에 부딪혔다. 가방에는 아버지가 쓰던 펜과 편지지가
들어 있고, 파바나의 아름다운 살와르 카미즈를 위시한 팔
물건들이 들어 있다. 겨드랑이에는 깔고 앉을 담요를 끼었
다.

파바나는 아버지와 매일 앉던 장소를 선택했다. 큰 담장
옆이다. 담장 안은 집인데, 높은 벽 때문에 안을 볼 수는 없
다. 벽 위에 창문이 하나 있는데, 까맣게 칠해져 있다. 탈레
반의 명령에 따른 것이다.

"우리가 매일 같은 장소에 앉아 있으면 사람들이 우리가
여기 있다는 걸 알게 되지. 그럼 읽을 거나 쓸 것이 있을 때
는 우리를 찾을 거야."

파바나는 아버지가 '우리'라고 말하는 것이 좋았다. 그러
면 마치 자신도 아버지가 하는 일에 참여하는 기분이었다.
그곳은 집과도 가까웠다. 시장에는 더 복잡한 곳이 있긴 했
지만, 좀 더 멀었고 가는 길도 정확히 몰랐다.

"누가 너에 관해 물으면 아버지의 조카 카심이라고 해.
아버지가 아파서, 나을 때까지 네가 가족을 돌보려고 왔다

고 해.”

엄마와 노리아는 파바나가 귀에 못이 박일 때까지 반복해서 당부했다.

아버지가 체포되었다고 말하는 것보다 아프다고 말하는 것이 더 안전했다. 정부에 반대하는 것처럼 보이고 싶은 사람은 아무도 없다.

“사람들이 나에게 글을 읽어달라고 할까요? 전 겨우 열한 살인데.”

“넌 누구보다 교육을 많이 받았어. 하지만 네가 일거리를 얻지 못한다면 다른 방법을 생각해야지.”

엄마가 말했다.

파바나는 단단한 흙바닥에 담요를 깔고 아버지가 했던 것처럼 한쪽에 팔 물건을 진열해놓고, 맨 앞에는 펜과 편지지를 펼쳐놓았다. 그리고 손님을 기다렸다.

처음 한 시간가량은 아무도 거들떠보지 않았고, 남자들은 파바나를 내려다보면서 그냥 지나갔다. 차도르를 갖고 나오지 않은 걸 후회했다. 분명히 어느 순간에 누군가가 멈추어 서서 파바나를 향해 손가락질하면서 ‘여자다!’라고 외칠 것이고, 이 말은 저주처럼 시장에 울려 퍼질 것이다. 그러면 사람들이 하던 일을 멈추고 몰려올 것이다. 처음 한 시간은 참으로 고통스러운 시간이었다.

한 남자가 멈추어 섰다. 남자의 그림자를 느낄 수 있었다. 고개를 들자, 탈레반 군복을 입고 검은 터번을 쓴 사람이 서 있다. 총 한 자루가 그의 가슴에 사선으로 매달려 있다. 온몸이 벌벌 떨려왔다.

"편지 읽어주니?"

그가 파슈토어로 물었다. 대답하려고 했지만 목소리가 나오지 않아 고개만 끄덕였다.

"야, 말을 해야지. 말도 못 하면서 무슨 편지를 읽겠어?"

파바나는 깊이 숨을 들이쉬었다.

"네, 글을 읽어 드려요. 다리어와 파슈토어 다 가능합니다."

파바나는 자신이 낸 목소리가 크게 들리기를 바라면서 파슈토어로 말했다. 만약에 파슈토어 고객이라면 자신의 실력으로 감당할 일거리이기를 희망하면서.

남자는 계속 파바나를 주시하면서 조끼 안주머니에 손을 넣어 뭔가를 꺼냈다.

파바나는 눈을 질끈 감고는 총이 발사되기를 기다렸다. 그런데 탈레반이 편지 한 장을 내밀면서 담요 위 파바나 옆에 앉았다.

"읽어봐."

파바나는 편지를 받아들었다. 독일에서 온 것이다. 우선 봉투에 적힌 것부터 읽었다.

"파티마 아지마라는 사람 앞으로 온 거예요."

"내 아내야."

편지는 아주 낡았다. 파바나는 봉투에서 편지를 꺼내 펴 들었다. 접힌 자국이 깊게 파여 있다. 읽기 시작했다.

내 조카에게.

네 결혼식에 함께하지 못해 안타깝구나. 이 편지가 제때 너에게 도착하기를 바란다. 전쟁이 없는 독일에서의 삶은 편하다. 하지만 마음속으로는 아프가니스탄을 진정으로 떠나지 못하고 있구나. 내 마음은 항상 내 조국과 다시는 보지 못할 가족과 친구들에게로 가 있지. 네 결혼을 진심으로 축하한다. 내 오빠이자 네 아버지는 좋은 사람이란다. 오빠는 네 남편감으로 좋은 사람을 선택했을 것이다. 처음엔 결혼 생활이 좀 힘들겠지. 가족과도 떨어져야 하니. 하지만 곧 새로운 가족의 일원임을 느끼게 될 거란다. 난 네가 행복해지고, 많은 아이를 낳아 축복받고, 네 아들이 아들을 낳는 것을 보며 행복하게 살아가기를 진심으로 바란다. 네가 파키스탄을 떠나 남편과 함께 아프가니스탄으로 돌아간다면 아마 연락이 끊기겠지. 어디로 가든 내 편지를 간직해다오. 그리고 날 잊지 마라. 나도 널 잊지 않을 레니.

　너를 사랑하는 고모 소힐라.

파바나는 편지를 다 읽었고, 남자는 옆에서 아무 말도 하지 않았다.

"다시 한 번 읽을까요?"

남자는 고개를 저으며 편지를 달라고 손을 내밀었다. 파바나는 편지를 접어 돌려주었다. 편지를 다시 봉투에 넣는 그의 손이 떨렸다. 그의 눈에서 눈물이 흘렀다. 눈물은 뺨을 타고 내려와 턱수염으로 떨어졌다.

"아내는 죽었어. 이 편지는 아내의 유품이야. 뭐라고 쓰여 있는지 알고 싶었어."

남자는 편지를 손에 쥔 채 가만히 앉아 있었다.

"답장을 쓰고 싶으세요?"

파바나는 아버지가 하던 대로 말했다.

남자가 한숨을 내쉰 후 고개를 저었다.

"얼마면 되겠니?"

"알아서 주세요."

파바나는 또 아버지가 하던 대로 말했다.

남자는 주머니에서 돈을 꺼내주었다. 그러고는 한마디 말도 없이 담요에서 일어나 멀어져 갔다.

파바나는 깊이 숨을 들이마셨다가 천천히 내쉬었다. 탈레반은 여자들을 때리고 아버지를 체포해간 남자들인데, 그들도 다른 사람들처럼 슬픔이라는 감정이 있단 말인가?

파바나는 혼란스러웠다. 곧 또 다른 손님이 왔다. 이번 손님은 물건을 사 갔다. 온종일 아내를 그리워하며 눈물을 흘리던 탈레반의 모습이 빙빙 돌았다.

점심을 먹으러 집으로 가기 전에 손님 한 명이 더 왔다. 담요 앞에서 서성이더니 마침내 말을 걸어왔다.

"저거 얼마면 팔 거니?"

남자는 파바나의 아름다운 살와르 카미즈를 가리키며 물었다.

얼마를 받아야 하지? 옛날에 엄마가 시장에 왔을 때 행상인과 어떻게 거래를 했었지? 엄마는 행상인이 처음에 얼마를 부르든지 간에 무조건 깎았었다.

"행상인은 내가 깎을 거로 생각해서 아주 비싼 가격으로 거래를 시작하지."

엄마가 한 말이다.

파바나는 빠르게 생각했다. 마자리샤리프에 있는 고모가 상의와 바지 커프스에 얼마나 정성 들여 수를 놓았는지를,

이 옷을 입었을 때 얼마나 예뻤는지를, 또 이 옷을 포기해야 했을 때 얼마나 속상했는지도 생각했다.

파바나는 가격을 제시했다. 그러자 남자가 고개를 젓더니 훨씬 낮은 가격을 불렀다. 파바나는 자수의 섬세함과 디자인을 설명하고 처음 제시한 금액보다 약간 더 내렸다. 남자는 주저했지만 자리를 뜨지는 않았다. 그렇게 몇 번 더 가격이 오르내린 후 그들은 적당한 가격에 합의했다.

판매는 성공적이었고, 작은 주머니에 돈이 쌓여갔다. 파바나는 기분이 좋았다. 자신의 아름다운 빨간색 옷이 시장의 미로 속으로 사라졌어도, 그래서 다시는 볼 수 없게 되었어도 전혀 섭섭하지 않았다.

몇 시간 더 앉아 있는데, 화장실이 가고 싶었다. 시장에는 여자가 갈 만한 화장실이 없기에 짐을 싸서 집으로 가야 했다. 가방에 물건을 집어넣고 담요의 먼지를 털어냈다. 아버지와 함께 있을 때도 이 일은 파바나의 몫이었다. 아버지가 그리웠다.

"아버지, 돌아오세요."

파바나는 하늘을 올려다보며 속삭였다.

햇살에 눈이 부셨다. 아버지가 감옥에 갇혔는데도 태양은 어쩌면 저리도 눈부실까.

그 순간 언뜻 뭔가가 눈에 잡혔다. 까맣게 칠한 창문에서 나온 것 같았다. 하지만 어떻게? 착각이라고 생각했다. 담요를 접어서 겨드랑이에 끼면서 주머니에 안전하게 넣어둔 돈의 감촉을 느꼈다. 어깨를 으쓱하며 집을 향해 발길을 재촉했다.

8.
까만 창문 속의 여인

위라 아줌마가 왔다.

"파바나, 오늘 오후에 이 근처로 이사 올 거야. 네가 좀 도 와줘야겠어."

파바나는 시장으로 돌아가고 싶었지만, 아줌마를 돕는 것 도 일상의 또 다른 변화가 될 거라는 생각에 기꺼이 응했 고, 또 아줌마가 주변에 있으면 엄마는 활력을 찾는 것 같 았다.

"위라 아줌마와 함께 일하기로 했어. 잡지를 만들 예정이 야."

엄마가 말했다.

"그러니 우리는 모두 일을 분담해야 해. 노리아는 어린 동생들을 돌보고, 네 엄마와 난 잡지를 만들고, 그리고 넌 밖에 나가서 일하면 돼."

위라 아줌마는 마치 하키 선수들에게 위치를 정해주는 것처럼 지시했다.

파바나는 번 돈을 꺼냈다.

"와, 대단하다! 난 네가 해낼 줄 알았어."

엄마가 말했다.

"아버지는 훨씬 더 많이 벌어왔어."

이렇게 말한 노리아는 입술을 깨물었다. 마치 자신이 한 말을 도로 삼키기라도 하듯이. 파바나를 괴롭히기엔 지금 분위기가 너무 좋았다.

파바나는 점심으로 난과 차를 마시고는 위라 아줌마와 함께 짐을 옮기려고 나갔다. 아줌마는 걸음걸이가 아주 독특하기 때문에 부르카를 입은 수많은 여자 속에서도 쉽게 알아볼 수 있었다. 아줌마는 고개를 똑바로 들고 어깨를 뒤로 젖힌 채 빠르게 걸었다. 안전하려면 아줌마 옆에 꼭 붙어 있어야 한다.

"탈레반은 아이들을 데리고 나온 여자들은 보통 괴롭히지 않아. 넌 믿진 않겠지만. 또 다행인 것은 내가 그들보다도 더 빨리 뛸 수 있어. 싸움이 일어난다 해도 놈들을 물리칠 수 있어. 학교에서 남자아이들을 아주 잘 다뤘거든. 내 멋진 수업을 듣고 눈물 흘리지 않은 애들이 없다니까."

"오늘 아침에 탈레반이 우는 것을 봤어요."

파바나의 이 말은 그들이 거리를 바쁘게 걸어갈 때 바람소리에 묻혀버렸다.

위라 아줌마는 파바나네 방보다 더 작은 방에서 손녀와 함께 살고 있었다. 무너진 건물 지하에서.

"우리가 위라 가문의 마지막 생존자야. 일부는 폭격으로, 일부는 전쟁으로, 나머지는 폐렴으로 죽었어."

파바나는 아무 말도 하지 못했다. 위라 아줌마도 이해한다는 듯이 침묵했다.

"수레를 빌렸는데, 저녁까지는 돌려줘야 해. 그럭저럭 한번에 옮길 수 있을 거야."

위라 아줌마 역시 갑작스러운 폭격에 많은 것을 잃었다.

"폭탄이 가져가지 않은 건 도둑이 가져갔지. 뭐 그 덕분에 이사는 한결 쉽네."

파바나는 수레에 이불과 주방 도구를 실었다. 아줌마가

이미 짐을 다 싸두었다.

"폭탄과 도둑이 가져가지 않은 것이 있네."

아줌마가 상자에서 메달을 꺼냈다.

"육상 경기에서 딴 메달이야. 이건 내가 아프가니스탄에서 가장 빠른 여자라는 뜻이야."

햇살에 금메달이 반짝였다.

"다른 메달도 있어. 대부분 잃어버렸는데, 아직 남아 있는 것도 있지."

아줌마는 잠시 넋을 놓고 있다가 이내 정신을 차렸다.

"많이 쉬었다! 빨리 짐을 옮기자!"

오후 느지막이 이사가 끝났고, 아줌마는 수레를 돌려주었다. 파바나는 오후 내내 신경을 곤두세워서 그런지 진정이 되질 않았다.

"물 좀 길어올게요."

파바나가 말했다.

"일하겠다고? 왜 그래?"

노리아가 물었다.

파바나는 노리아의 말을 무시했다.

"엄마, 마르얌과 같이 갔다 와도 돼요?"

"좋아, 좋아! 난 언니와 함께 갈 거야!"

마르얌이 펄쩍펄쩍 뛰며 좋아했다.

엄마가 망설이자, 위라 아줌마가 말했다.

"가게 해줘. 이제 파바나는 남자야. 안전할 거야."

엄마는 마지못해 허락하고서 마르얌에게 말했다.

"너 밖에 나가서 파바나를 뭐라고 부를 거야?"

"카심."

"좋아. 카심이 누구지?"

"사촌 오빠."

"아주 잘했어. 꼭 명심하고, 오빠가 시키는 대로 해. 오빠 옆에 있고. 약속하지?"

마르얌이 고개를 끄덕였고, 곧바로 뛰어가서 플라스틱 샌들을 신었다.

"너무 꽉 껴!"

마르얌이 울음을 터트렸다.

"1년 넘게 밖에 나가지 않았으니, 당연히 발이 커졌지."

엄마가 위라 아줌마에게 말했다.

"마르얌, 신발 가지고 이리 와. 울지 말고."

아줌마가 말했다.

"곧 알리에게 맞겠는데. 자르면 안 되겠어. 오늘은 천으로 발을 감싸고 나가고, 내일 파바나가 신발을 사다줄 거야."

그리고 아줌마는 엄마를 돌아보며 말했다.

"매일 햇볕을 쬐야 하는데, 걱정 마. 이제 내가 있으니, 다 잘 될 거야."

아줌마는 마르얌 발에 몇 겹의 천을 둘러주었다.

"오랫동안 바깥에 나가지 않았으니, 피부가 약해져 있을 거야. 조심해야 해."

아줌마가 파바나에게 당부했다.

"난 내키지 않는데."

엄마가 다시 불안한 기색을 드러내자, 파바나와 마르얌은 서둘러 밖으로 나갔다.

마르얌은 1년 반 동안이나 네모난 방만 보며 살았다. 문밖의 모든 것이 마르얌에겐 새로웠다. 마르얌은 가장 기본적인 움직임에도 익숙하지 않았다. 파바나는 아버지처럼 마르얌이 계단을 내려가도록 도왔다. 몇 발자국 앞서 걸으며 바닥에 흩어져 있는 돌을 치워 동생이 걷기 편하게 해주었다.

"이건 수도꼭지야."

수돗가에 도착하자, 파바나가 말했다.

파바나가 수도꼭지를 돌리자, 물이 흘러나왔다. 마르얌이 웃었고, 흐르는 물에 한 손을 넣어보더니, 차가운 감촉이 느껴지자, 얼른 도로 빼었다. 그러고는 놀란 눈으로 파바나를 쳐다보았다. 파바나는 다시 한 번 해보게 한 다음, 물을 머리에 흐르게 해주었다.

"물은 먹으면 안 돼."

이번에는 얼굴을 씻는 방법을 시범 보였다. 마르얌이 따라서 했다. 얼굴보다는 옷에 더 많이 물을 적시며. 첫 외출치고는 만족한 시간이다.

다음날 파바나는 마르얌 샌들을 들고 시장에 가서 그것보다 더 큰 것으로 사 왔다. 거리에서 파는 중고였다. 그날 이후 마르얌은 파바나와 매일 수돗가에 나왔고, 조금씩 튼튼해졌다.

며칠간 거의 비슷한 일상이 반복되었다. 파바나는 아침 일찍 시장에 갔다가 점심 먹으러 집에 오고, 오후에 다시 시장으로 나갔다가 저녁이 되기 전에 돌아왔다.

"공중 화장실만 있으면 계속 밖에 있어도 되는데."

파바나가 말했다.

"중간에 한 번은 꼭 집에 와야 해. 네가 무사한지 확인해야 하니까."

엄마가 말했다.

바깥에 나가 일한 지 일주일이 지난 어느 날, 좋은 생각이
떠올랐다.

"엄마, 제가 남자로 보이죠?"

"그럼."

"그러면 제가 엄마를 모시고 밖에 나갈 수 있어요. 언니
도 데리고 나갈 수 있고요. 가끔 둘 다 같이 나갈 수도 있어
요."

파바나는 한껏 들떴다. 만약 노리아가 밖에 나가 몸을 움
직인다면 그토록 심술을 부리지 않을지도 모른다. 부르카
때문에 신선한 공기를 많이 마시지는 못하겠지만 적어도
변화를 줄 수는 있을 것이다.

"아주 훌륭한 생각인데!"

위라 아줌마가 말했다.

"네가 날 데리고 나가는 거 싫어."

엄마가 노리아의 말을 가로막았다.

"노리아, 알리는 밖에 나가야 해. 파바나가 마르얌은 그럭
저럭 잘 데리고 다니지만 알리는 버둥거려서 무리야. 네가
해야 해."

"파타나, 너도 가끔은 나가야 해."

위라 아줌마가 말했지만 엄마는 대답하지 않았다.

노리아는 알리를 위해 밖에 나가기로 했다. 날마다 점심을 먹고 노리아, 마르얌, 알리는 파바나와 한 시간가량 밖에 나갔다 왔다. 알리가 태어난 지 몇 개월 되지 않았을 때 탈레반이 정권을 잡았기 때문에 알리가 아는 것은 1년 반 동안 갇혀 지낸 작은 방뿐이다. 노리아 역시 그동안 한 번도 밖에 나간 적이 없었다.

그들은 다리가 아플 때까지 집 주위를 돌아다녔으며, 가끔 햇볕 아래 앉아 있기도 했다. 주위에 아무도 없을 때면 노리아는 파바나에게 망을 보라고 하고 부르카를 살짝 열어 햇볕을 쬐었다.

"잊고 있었어. 이런 좋은 느낌을."

노리아가 말했다.

수돗가에 줄을 서 있는 사람이 없을 때면 노리아는 동생들을 씻겼다. 그래서 파바나는 물 긷는 수고를 덜었다. 가끔 위라 아줌마도 손녀를 데리고 파바나 일행과 함께했다.

시장 일은 잘되는 날도, 안 되는 날도 있었다. 가끔 몇 시간씩 혼자 우두커니 앉아 있기도 했다. 아버지보다는 적게 벌었지만 가족을 굶기지는 않았다. 주로 난과 차만 먹었지만.

아이들은 예전보다 훨씬 더 생기가 있었다. 하루하루 쬐

는 햇빛과 신선한 공기가 아이들의 건강을 지켰다. 노리아
는 동생들을 방에서 돌보는 것보다 더 힘들다고 투덜거리
기는 했지만, 아이들에겐 활력이 생겼다.

일을 마치고 오면 파바나는 번 돈을 모두 엄마에게 내놨
다. 엄마는 가끔 집에 오는 길에 난이나 필요한 것을 사 오
라고 했다. 파바나가 가장 좋아하는 시간은 가끔 엄마와 장
보러 갈 때다. 위라 아줌마 성화에 못 이겨 결국 엄마도 밖
에 나오게 되었고, 파바나는 온전히 엄마와 함께하는 시간
이 좋았다. 비록 대화 내용이 식용유 가격이 얼마고, 필요한
비누를 살 여유가 있는지 없는지에 관한 얘기라 하더라도.
　파바나는 시장에 있는 것이 좋았다. 거리를 지나다니는
사람들을 지켜보는 것도 좋고, 귀에 들려오는 사람들의 대
화도 좋다. 또 사람들이 가져온 편지를 읽는 것도 좋다.
　여전히 아버지가 그리웠지만, 몇 주가 지났고, 아버지가
없는 것에 익숙해지기 시작했다. 식구들도 아버지 얘기는
하지 않았지만 파바나는 엄마와 노리아가 우는 걸 가끔 든
는다. 한 번은 마르얌이 악몽을 꾸었는지 아버지를 부르며
깨어난 적이 있었는데, 그날 엄마는 한참을 잠을 이루지 못
했다.

그러던 어느 날 오후, 파바나는 시장에서 아버지를 보았다. 저 멀리 떨어진 곳에서 걸어가고 있었지만 분명히 아버지였다.

"아버지! 아버지, 저 여기 있어요!"

파바나는 담요에서 벌떡 일어나 달려갔다.

"아버지, 무사하셨네요. 교도소에서 풀려나셨어요?"

"누구니, 넌?"

올려다보니 낯선 얼굴이 내려다보고 있었다. 파바나는 뒷걸음질 쳤다.

"죄송해요. 아버지인 줄 알았어요."

눈에서 눈물이 흘러내렸다. 남자가 파바나 어깨에 한 손을 올렸다.

"착한 아이로 보이는구나. 네 아버지가 아니라서 미안하다."

그러더니 목소리를 낮추어 말했다.

"네 아버지는 교도소에 계시니?"

파바나는 고개를 끄덕였다.

"가끔 풀려나는 사람도 있다더라. 희망을 잃지 마."

남자는 시장 안으로 사라졌고, 파바나는 자리로 돌아왔다.

하루는 오후에 파바나가 집에 가려고 담요를 탁탁 터는
데, 회색 천 조각이 눈에 띄었다. 가로 3센티미터에 길이 5
센티미터 정도 된 수가 놓인 네모난 조각이다. 처음 보는
것이다.

어디서 온 것일까? 파바나의 두 눈이 까맣게 칠해진 창문
을 향했다. 몇 주 전에 어떤 움직임을 보았던 그 창문으로.
하지만 어떠한 움직임도 없었다. 바람에 날아온 것이 틀림
없다고 생각했지만, 바람 한 점 없는 날이 아닌가.

며칠이 지나서 바람 탓이 아니라는 걸 깨달았다. 일을 끝
내고 가려는데 담요에 구슬 팔찌가 있었다. 창문을 올려다
보았다. 열려 있었다. 좀 더 가까이 다가갔다. 살짝 열린 공
간으로 여자의 얼굴이 보였다. 여자는 파바나에게 짧은 미
소를 보내고 얼른 창문을 닫았다.

며칠 후 파바나는 차 배달하는 소년들이 손님과 가게 사
이를 분주히 왔다 갔다 하는 모습을 지켜보며 앉아 있었다.
차를 배달하던 한 소년이 파바나 앞을 지나다가 담요에 빈
찻잔들을 떨어뜨렸다.

남자아이가 얼른 몸을 구부려서 찻잔을 주워 모았다. 파
바나도 도와서 굴러다니는 찻잔을 모았다. 파바나는 쟁반

을 집어 소년에게 건네주며 처음으로 그의 얼굴을 보았다. 입에서 헉 하며 탄식이 터져 나왔고, 한 손으로 그 입을 막았다.

차 배달 소년은 파바나와 같은 반 친구였다.

9.
새 남자 친구

"샤우지아?"

파바나가 속삭였다.

"샤피크라고 불러. 넌?"

"카심. 그런데 여기서 뭐 하는 거야?"

"바보야, 너랑 똑같잖아. 일단 찻집으로 돌아가야 해. 계속 여기 있을 거지?"

파바나가 고개를 끄덕였다.

"알았어. 다시 올게."

샤우지아는 찻잔과 쟁반을 들고 가게로 뛰어갔다. 파바나는 얼떨떨한 기분으로 앉아서 옛 친구가 다른 차 배달 남자아이들과 섞이는 모습을 물끄러미 바라보았다. 그들을 주의 깊게 보고 있으니, 다른 아이들 속에서 친구를 구별할 수 있었다. 순간 한 사람을 계속 응시하는 것은 좋은 일이 아니라는 생각이 들어 시선을 다른 데로 돌렸다.

샤우지아와 파바나는 가까운 사이는 아니었다. 그들은 각자 다른 친구들과 친했다. 샤우지아가 받아쓰기를 더 잘했던 것 외에는 특별히 기억나는 것이 없다.

그럼 카불에는 이런 여자아이들이 더 있다는 거네!

파바나는 샤우지아의 가족에 대해 기억하려고 했지만 아는 것이 없었다. 손님 두 명이 더 왔다 갔지만 집중할 수 없었다. 마침내 샤우지아가 뛰어오는 것이 보이자, 기분이 좋아졌다.

"어디 살아?"

샤우지아가 물었다.

파바나는 손으로 집 쪽을 가리켰다.

"짐 싸서 가면서 얘기하자. 자, 이거 먹어."

샤우지아가 꼬깃꼬깃한 작은 종이뭉치를 내밀었다. 안에는 말린 살구가 들어 있다. 파바나는 몇 개인지 세어보았다. 가족에게 하나씩 돌아갔고, 하나가 남았다. 하나를 입에 넣고 깨물었다. 달콤함이 입안으로 흘러들어왔다. 처음 먹어 보는 맛이다.

"고마워!"

파바나는 남은 살구를 하루 번 돈과 함께 주머니에 넣고 짐을 싸기 시작했다. 오늘은 담요 위에 작은 선물이 없다. 상관없다. 샤우지아를 만난 것만으로도 흥분이 가라앉질 않으니.

"이 일을 얼마나 했어?"

시장을 벗어나자, 샤우지아가 물었다.

"거의 한 달. 너는?"

"6개월. 오빠가 1년 전쯤에 이란으로 일하러 갔는데, 소식이 없어. 아버지는 심장병으로 돌아가셨고. 그래서 내가 일하러 나왔지."

"우리 아버지는 체포되었어."

"소식은?"

"몰라. 교도소에 가봤는데 소용이 없었어. 전혀 소식을 모르겠어."

"너만 그런 게 아니야. 체포된 사람들 소식은 대부분 듣지 못해. 끌려가면 바로 사라지거든. 우리 삼촌도 사라졌어."

파바나는 샤우지아 팔을 잡으며 걸음을 멈추었다.

"아버지는 돌아오실 거야. 돌아오실 거라고!"

샤우지아가 고개를 끄덕였다.

"그래, 네 말이 맞아. 네 아버지는 다를 거야. 일은 어때?"

파바나는 샤우지아의 팔을 놓고 다시 걸었다. 아버지에 대한 이야기보다는 일에 대한 이야기가 더 편했다.

"어떤 날은 잘 되고, 어떤 날은 안 되고 그래. 넌 그 일로 돈 많이 벌었어?"

"아니, 경쟁이 심해서. 있잖아, 우리가 같이 일하면 돈을 더 많이 벌 수 있는 좋은 방법이 있지 않을까?"

파바나는 담요 위에 있던 선물 생각이 났다.

"편지 읽어주는 일은 계속하고 싶어. 적어도 하루에 몇 시간씩은 말이야. 나머지 시간에 우리가 할 수 있는 일이 있을지도 몰라."

"물건을 팔고 싶어. 돌아다니면서 말이야. 그러려면 돈이 필요해. 물건을 사고, 그것을 담을 쟁반도 사야 하니까. 돈이 문제지."

"나도 돈은 없어. 정말 그걸로 돈을 많이 벌 수 있을까?"

종종 램프를 밝힐 기름을 살 돈이 없어서 밤에 불을 켜지 못할 때도 있다. 그럴 때면 밤이 참으로 길고 길다.

"나도 들은 얘기인데, 지금보다 훨씬 더 많이 번대. 그럼 뭐하겠어, 돈이 없는데. 학교 안 그립니?"

두 소녀는 옛 친구들 얘기를 하며 걷다가 파바나 산과 연결된 길로 접어들었다. 파바나는 친구들과 수업을 마치고 집으로 돌아오는 길에 숙제가 많다고 선생님에 대한 불평을 늘어놓던 그때가 마치 아주 오래전의 일처럼 느껴졌다.

"저 위에 살아."

파바나는 계단을 가리켰다.

"집에 들어가서 식구들 만나고 가."

샤우지아는 시간이 얼마나 됐는지 확인하려고 하늘을 쳐다보았다.

"그래, 인사만 하고 서둘러서 가지 뭐. 네 엄마가 차 마시고 가라고 잡으면 안 된다고 말해줘야 해."

파바나는 고개를 끄덕였고, 그들은 계단 위로 올라갔다.

파바나가 샤우지아와 함께 들어서자, 모두 깜짝 놀랐다. 그들은 샤우지아가 마치 오랜 친구인 양 끌어안았다. 그래서 파바나는 그들이 전에 한 번도 만난 적이 없다는 생각조차 하지 못했다.

"저녁도 먹지 못하고 가서 섭섭하구나. 이제 우리가 여기 사는 거 알았으니, 가족과 오너라. 식사라도 하게."

엄마가 말했다.

"우리 가족은 엄마와 저, 여동생 둘만 남았어요. 엄마는 늘 아프세요. 지금은 할머니와 할아버지, 고모와 살고 있는데, 매일 싸우기만 해요. 전 운이 좋은 편이죠. 그들을 피할 수 있고, 일도 할 수 있으니까요."

"그렇구나. 언제든지 놀러 와라."

엄마가 말했다.

"공부는 계속하고 있니?"

위라 아줌마가 물었다.

"할머니 할아버지는 여자를 가르치지 못하게 하세요. 또 우리 가족이 얹혀살고 있기 때문에 그분들이 하라는 대로 해야 한다고 엄마가 말씀하셨어요."

"그분들은 네가 남자아이처럼 옷을 입고 밖에 나가 일하는 것을 원치 않으시니?"

샤우지아가 어깨를 으쓱했다.

"그분들은 제가 사 온 음식을 드세요. 그런데 어떻게 싫어할 수 있겠어요?"

"난 여기서 작은 학교를 운영하려고 해. 여자아이들을 위해 일주일에 몇 시간 정도 공부하는 비밀 학교야. 너도 참석해라. 파바나가 시간을 알려줄 거야."

위라 아줌마가 파바나를 보며 말했다. 파바나는 놀란 눈
으로 아줌마를 바라보았다.

"탈레반은 어떡하고요?"

"탈레반은 초대하지 않을 거야."

아줌마가 농담하며 웃었다.

"아줌마는 뭘 가르치세요?"

샤우지아가 물었다.

"필드하키. 아줌마는 체육 선생님이셨어."

파바나가 대신 대답했다.

그러자 모두 한바탕 웃었다. 비밀 필드하키 학교를 집에
세운다고 생각하니 몹시 우스웠다. 샤우지아도 웃으면서
집을 나섰다.

샤우지아가 가고, 그들은 저녁을 먹으면서도 많은 이야기
를 나누었다.

"우리가 샤우지아 엄마를 한 번 찾아가봐야겠어. 잡지에
그 가족의 이야기를 신고 싶어."

엄마가 아줌마에게 말했다.

"처벌받으면 어쩌려고요?"

파바나가 물었다.

"우린 기사를 써서 몰래 파키스탄으로 가지고 나가서 그

곳에서 인쇄할 거야. 그리곤 한 번에 조금씩 들여올 거야."

위라 아줌마가 대답했다.

"그 일은 누가 하나요?"

파바나는 자기를 지목할까 봐 두려웠다. 그들은 여자를 남자로 바꾸어 놓았듯이, 얼마든지 또 다른 일을 벌일 수 있다.

"여성협회에 사람들이 할 거야. 네가 시장에 나가 있는 동안 그들이 찾아왔어. 회원 남편 몇 명이 우리 일을 도와주기로 했어."

노리아도 비밀 학교 일을 도울 생각이다. 노리아는 고등학교를 졸업하고 사범대에 갈 생각이었다. 하지만 탈레반이 그 계획을 모두 망쳐놓았다. 학교가 폐쇄되었을 때 처음 한동안은 아버지가 노리아와 파바나의 공부를 봐줬으나, 아버지의 건강이 나빠져서 그나마도 할 수 없었다.

"저는 산수와 역사를 가르칠 수 있어요. 위라 아줌마는 보건과 과학을 가르치고, 엄마는 읽기와 쓰기를 가르치면 돼요."

노리아가 말했다.

노리아에게 배우는 것은 별로 내키지 않았다. 언니일 때보다 선생님일 때 훨씬 더 두목 행세를 하고자 할 것이 뻔

했으니. 그렇지만 파바나는 노리아가 뭔가에 흥분하는 것을 아주 오랜만에 보았기에 가만히 있었다.

거의 매일 파바나와 샤우지아는 시장에서 만났다. 샤우지아가 주로 파바나를 찾아왔다. 파바나는 여전히 부끄럼을 타는 탓에 차를 배달하는 남자아이들 틈에 가서 샤우지아를 찾을 수 없었다.

두 소녀는 만날 때마다 돈을 많이 벌어 쟁반과 물건을 사는 일에 대한 대화를 나누었지만, 아직 방법을 찾아내지는 못했다.

어느 날 오후, 파바나가 여느 때처럼 손님들을 기다리고 있는데, 뭔가가 머리에 살포시 내려앉았다. 파바나는 재빨리 그것을 낚아챘다. 누가 보는 사람이 없는지를 확인하고는 그것을 살폈다. 가장자리에 빨간 수를 놓은 사랑스러운 새하얀 손수건이다. 창문 안의 여자가 보낸 게 분명했다.

파바나는 창문 안의 여자가 지켜보고 있으리라 생각하여 창문을 올려다보며 고맙다는 미소를 지었다. 그때 샤우지아가 뛰어왔다.

"뭐야?"

파바나는 벌떡 일어서며 손수건을 얼른 주머니에 집어넣

었다.

"아무것도 아니야. 오늘은 어때?"

"늘 그렇지 뭐. 그런데 반가운 소식이 하나 있어. 차를 배달하는 아이들이 그러는데, 돈 많이 버는 방법이 있대."

"뭔데?"

"넌 좋아하지 않을 거야. 사실은 나도 맘에 안 들어. 그렇지만 지금 우리가 하는 일보다는 더 많이 벌어."

"그게 뭔데?"

샤우지아의 이야기를 듣는 순간 파바나는 입이 벌어졌다.

친구의 말이 맞다. 맘에 들지 않는 일이다.

10.
미소 짓는 두개골 대장

"좋은 생각이 아닌 것 같아."

파바나는 담요와 아버지의 필기도구를 들고 있었다. 엄마에게 뼈를 파내러 간다는 말을 차마 할 수 없어서 평소에 쓰던 물건들을 그냥 가지고 왔다.

"담요를 가져온 건 잘한 것 같아. 뼈를 운반하는 데 사용할 수 있을 거야."

샤우지아는 파바나의 말을 무시하면서 말했다.

"빨리 서두르자. 그렇지 않으면 뒤처질 거야."

뒤처진다는 말이 끔찍한 소리로 들리진 않았다. 파바나

는 다른 아이들을 따라잡으려고 뛰어가는 샤우지아를 고분고분 따라갔다. 시장을 가로지를 때 비밀 친구가 사는 까만 창문을 힐끔거렸다.

하늘은 구름으로 뒤덮여 어두웠다. 그들은 거의 한 시간이나 걸어서 완전히 파괴된 카불의 한 지역에 이르렀다. 온전한 건물은 하나도 없고, 온통 벽돌과 먼지, 파편 더미들뿐이었다.

폭탄은 공동묘지에도 떨어져 무덤들을 완전히 파헤쳐 놓았다. 무덤에서 튕겨 나온 오래된 시체의 하얀 뼈들이 여기저기에 꽂혀 있었다. 커다란 까마귀들이 까옥까옥 소리를 내며 엉망이 된 무덤 주위를 쪼아댔다.

파바나와 샤우지아는 공동묘지 가장자리에 서 있었다. 악취가 산들바람을 타고 날아왔다. 남자아이들이 사방에 흩어져서 땅을 파기 시작했다. 한 성인 남자가 유난히도 많이 파괴된 건물 옆에 커다란 저울을 놓고 서 있다.

"저 사람은 누구야?"

"브로커야. 뼈를 사는."

"뼈를 사서 뭐하려고?"

"다른 사람한테 팔아."

"왜 뼈를 사는데?"

"무슨 상관이야. 우린 돈만 벌면 되잖아."

샤우지아는 삽으로 쓰려고 가져온 판자 하나를 파바나에게 건넸다.

"자, 빨리 시작하자."

"그런데 몸이 그대로 있으면 어쩌지? 그러니까…… 뼈만 남아 있는 게 아니면?"

"그럼 흙에 꽂힌 뼈부터 찾자. 여기에 담요를 펴고 뼈를 모으자."

파바나는 시장으로 돌아가 비밀 친구가 사는 창문 아래 있고 싶다는 생각을 하면서 담요를 펼쳤다.

두 소녀는 서로 바라보았다. 상대방이 먼저 행동하기를 희망하면서.

"우리 여기 돈 벌러 왔지?"

파바나가 고개를 끄덕였다.

"그럼 돈 벌자."

샤우지아는 진흙에 박힌 뼈를 잡아당겼다. 마치 정원에서 뽑는 당근처럼 쑥 빠져나왔다. 샤우지아는 그것을 담요에 던졌다.

샤우지아에게 지지 않으려고 파바나도 판자로 땅을 파헤쳤다. 흙으로 살짝 덮여 있는 뼈들이 많아서 뽑아내는 일은 어렵지 않았다.

"그들이 우리가 이 일 하는 걸 싫어할까?"

파바나가 물었다.

"누가?"

"여기 묻힌 사람들. 그들은 우리가 이렇게 자신들의 무덤을 파헤치는 걸 싫어하겠지?"

"사람에 따라 다르겠지. 더럽고 인색한 사람이면 싫어할 거고, 친절하고 관대한 사람이면 싫어하진 않겠지."

"너라면?"

샤우지아는 파바나를 바라보더니, 무슨 말을 하려다 말고 다시 땅을 파기 시작했다. 파바나도 더 묻지 않았다.

잠시 후 파바나가 두개골 하나를 발견했다.

"이것 좀 봐!"

파바나는 판자를 사용해서 두개골 주변 흙을 파낸 다음 두개골이 부서지지 않게 손가락으로 조심스럽게 파나갔다. 파바나는 마치 트로피처럼 두개골을 들어 샤우지아에게 보였다.

"웃고 있어."

샤우지아가 두개골을 보며 말했다.

"그래, 웃고 있어. 오랫동안 캄캄한 땅속에 있다가 밖에 나오니까 기쁜가 봐. 기쁘죠, 두개골 아저씨?"

파바나는 두개골이 고개를 끄덕이도록 했다.

"묘비 위에 세워놔야지. 우리의 마스코트가 되어줄 거야."

파바나는 두개골을 조심스럽게 깨진 묘비 맨 위에 올려놓았다.

"대장 같은데. 잘하라고 지켜보는."

두 소녀는 한 무덤에서 뼈를 다 찾아내면 다음 무덤으로 옮겼다. 그럴 때마다 대장 두개골도 같이 옮겼고, 다른 두개골도 몇 개 더 찾아냈다. 담요에 뼈가 수북이 쌓였을 때쯤에는 두개골 다섯 개가 높은 곳에 나란히 앉아서 웃으며 내려다보았다.

"나 화장실 가고 싶어. 어떻게 하지?"

파바나가 말했다.

"나도 가고 싶어."

샤우지아는 주위를 둘러보았다.

"저쪽에 문이 있어."

샤우지아가 파괴된 건물을 가리켰다.

"너 먼저 다녀와. 내가 지키고 있을게."

"나를?"

"아니, 뼈를."

"나 혼자 가?"

"아무도 너한테 관심 없어. 가기 싫으면 참든지."

파바나는 고개를 끄덕이며 판자를 내려놓았다. 이미 참을 만큼 참았다.

보는 사람이 있는지 없는지를 확인한 뒤 건물 쪽으로 향했다.

"야, 카심!"

"지뢰 조심해."

샤우지아가 웃었고, 파바나도 웃었다. 농담이었지만 어쨌든 파바나는 눈을 크게 뜨고 걸었다.

"카불에는 꽃보다 지뢰가 더 많지. 지뢰는 돌멩이만큼 흔하니 경고 없이 순식간에 너를 날려 보낼 수 있어. 네 오빠 일을 명심해야 해."

아버지가 자주 하던 말이다.

학교 다닐 때 유엔에서 온 사람이 그림으로 지뢰의 여러 종류에 관해 설명했었다. 그때 봤던 지뢰의 생김새를 떠올리려고 했지만, 기억나는 건 장난감으로 위장해서 어린이들을 날려 보내는 지뢰뿐이었다.

파바나는 어두운 출입구를 유심히 살폈다. 가끔 군대가

떠나면서 건물에 지뢰를 심어놓기도 한다는 말을 들은 적이 있다.

지뢰를 심어놨을까? 안으로 들어가면 지뢰를 밟게 되지는 않을까?

세 가지 선택이 있다.

첫 번째는 집에 갈 때까지 참는 것이다. 하지만 이건 불가능하다. 두 번째는 입구 밖에서 해결하는 것이다. 이건 여자아이라는 걸 들킬 수도 있다. 마지막은 어둠으로 들어가는 것이다. 지뢰를 밟지 않기를 희망하면서.

선택은 세 번째뿐이다. 파바나는 숨을 깊이 들이마시고 기도를 하고는 살금살금 안으로 발을 옮겼다. 폭발은 없었다.

"지뢰 없었어?"

샤우지아가 물었다.

"내가 발로 차서 날려버렸어."

파바나는 웃으며 말했지만 여전히 후들거렸다.

샤우지아가 화장실에 다녀온 뒤 두 소녀는 두개골과 함께 파낸 뼈를 담요로 묶어 브로커에게 갔다. 중개업자는 그들이 가져온 뼈를 통에 담아 저울에 올렸다. 세 통이나 되었다. 브로커는 무게를 합해서 돈을 계산해주었다.

돈을 받은 파바나와 샤우지아는 아무 말도 하지 않고 빠르게 그 자리를 벗어났다. 두 소녀는 브로커가 쫓아와서 잘못 계산해서 돈을 너무 많이 줬으니, 도로 내놓으라고 할까 봐 발걸음을 재촉했다.

"3일 번 것보다도 많아."

파바나가 속삭였다.

"내가 많이 번다고 했잖아."

샤우지아가 절반을 파바나에게 건네면서 말했다.

"오늘은 그만할까? 아니면 더 할까?"

"당연히 더 해야지."

엄마가 점심 먹으러 오기를 기다릴 것이다. 하지만 이미 생각해 둔 말이 있다. 한낮이 되자, 태양이 구름을 뚫고 삐져나왔고, 밝은 햇볕이 무덤에 내리쬐었다.

파바나는 샤우지아를 팔꿈치로 살짝 자극했다. 두 소녀는 무덤을 파는 흙무더기 너머의 소년들을 바라보았다. 소년들은 땀과 흙으로 뒤범벅이 되었고, 옆에 쌓아놓은 뼈 무더기들은 갑자기 튀어나온 햇빛을 받아 하얗게 반짝거렸다.

"꼭 기억하자. 상황이 좋아지고 우리가 어른이 되었을 때, 무덤에서 뼈를 파내어 가족을 먹여 살렸던 어린 시절이 있었다는 사실을."

파바나가 말했다.

"믿으려고 할까?"

"안 믿겠지. 하지만 우린 알잖아."

"나이 들어 부자가 되면, 함께 차를 마시면서 오늘 일을 얘기하자고."

두 소녀는 판자 삽에 기대어 다른 아이들이 일하는 것을 물끄러미 바라보았다. 태양이 다시 사라졌고, 소녀들은 다시 일로 돌아갔다. 마감 전까지 한 번 더 담요에 뼈를 가득 채웠다.

"이 돈을 가족에게 다 줘봤자, 생활비로 몽땅 써버릴 거야. 그러면 우린 쟁반을 살 수 없어. 그러니까 다 주지 말고 우리가 좀 가지고 있자."

샤우지아가 제안했다.

"오늘 일 집에 가서 말할 거니?"

"아니."

"나도 안 할 거야. 언젠가 오늘 일을 말할 거야. 오늘이 아니라도."

두 소녀는 내일 만날 약속을 하고 헤어졌다.

집에 들어가기 전에 파바나는 수돗가에 들렀다. 옷이 흙투성이다. 옷에 묻은 흙을 열심히 털어낸 다음, 주머니에서 돈을 꺼내 두 묶음으로 나누었다. 하나는 주머니에 넣고, 하나는 가방 밑바닥에 숨겼다.

그러고는 수도꼭지 밑에 머리를 들이밀었다. 차가운 물이 오늘의 일을 말끔히 씻어내기를 희망하면서. 그러나 눈을 감을 때마다 두개골 아저씨들이 묘비 위에 나란히 앉아서 웃으면서 자신을 내려다보는 모습이 자꾸 떠올랐다.

11.
축구 경기장의 전리품

"홀딱 젖었네."

마르얌이 들어오는 파바나를 보고 말했다.

"괜찮니?"

엄마가 달려왔다.

"어디 갔었니? 점심 먹으러 왜 안 왔어?"

"일했어요."

파바나는 엄마의 눈을 피했다.

"어디 갔었니?"

엄마가 파바나의 어깨를 잡고 다시 물었다.

"잡혀간 줄 알고 얼마나 두려웠는지 아니?"

파바나는 오늘 있었던 일이 떨쳐지질 않아서 두 팔로 엄마의 목을 껴안고 울었다. 엄마는 파바나가 마음을 가라앉힐 때까지 안아주었다.

"자, 이제 오늘 어디 갔었는지 말해봐."

파바나는 바로 엄마의 얼굴 코앞에서 말할 수 없다고 생각하고 몸을 밀어 벽에 기대어 말했다.

"무덤 파는 일을 하고 왔어요."

"뭘 했다고?"

노리아가 물었다.

파바나는 벽에서 떨어져 매트리스에 앉았다. 그리고 오늘 일을 다 털어놓았다.

"진짜 뼈를 본 거야?"

마르얌이 묻는데, 위라 아줌마가 가로막았다.

"이것이 아프가니스탄의 현실이야. 식구를 먹이려고 조상의 무덤을 파헤치다니."

엄마가 말했다.

"뼈는 온갖 것에 다 사용되지. 닭 사료용으로, 식용유로, 비누와 단추에도 쓰이지. 동물 뼈를 사용한다고 들었는데, 생각해보니, 사람도 동물이야."

위라 아줌마가 말했다.

"그걸로 돈을 벌어? 얼마나 벌었는데?"

노리아가 물었다.

파바나는 주머니에서, 그리고 가방 밑에서 돈을 꺼내 바닥에 놓았다.

"무덤을 파헤친 대가로군."

위라 아줌마가 말했다.

"내일부터는 다시 편지 읽어주는 일을 해. 무덤 파는 일은 안 돼. 우린 그렇게 나쁘게 번 돈은 필요 없으니."

엄마가 단호하게 말했다.

"싫어요."

"뭐라고 했니?"

"아직은 중단할 수 없어요. 샤우지아와 저는 커다란 쟁반을 살 거예요. 쟁반에 물건을 담아서 팔 거라고요. 사람들 많은데 가서 손님을 기다리는 일 대신 손님들을 찾아다닐 거예요. 그럼 돈을 더 벌 수 있다고요."

"우린 네가 편지를 읽어주고 벌어온 돈으로 잘 지내왔어."

"그렇지 않아요, 엄마."

노리아가 끼어들었다.

엄마가 몸을 홱 돌려 노리아를 꾸짖으려는데, 노리아가 한발 빨랐다.

"이젠 팔 것도 없어요. 파바나가 번 돈으로 쌀과 차는 살 수 있지만 그게 전부에요. 그 외엔 아무것도 없어요. 우린 집세도 내야 하고, 프로판 가스와 램프에 넣을 기름도 필요하다고요. 파바나가 그 일로 돈을 벌 수 있다면, 또 파바나가 기꺼이 그 일을 해준다면, 허락해야 해요."

놀란 건 오히려 파바나였다. 노리아가 자기편을 들다니? 이런 일은 처음이다.

"네 아버지가 없어 천만다행이구나. 이런 못된 말을 듣지 않을 수 있어서."

"바로 그거야. 아버지가 없다는 거. 지금은 특별한 상황이야. 그래서 평범한 사람이 특별한 일을 해서라도 그럭저럭 먹고 살라는 거야."

위라 아줌마가 부드럽게 말하자, 엄마의 마음은 누그러졌다.

"그 대신 모든 걸 다 말해야 한다. 그 이야기를 잡지에 실어서 사람들에게 알려야겠어."

그날 이후로 엄마는 파바나가 일하러 갈 때 점심으로 난을 싸 주었다.

"점심때 집에 오지 못하잖아."

파바나는 오후 내내 몹시 배가 고팠지만 차마 뼈 더미 한 중간에서 먹을 수 없었다. 그래서 난을 거지에게 주었다.

2주간 일하자, 쟁반을 살만큼 돈이 모였고, 목에 두를 끈을 살 돈도 충분했다.

"무게가 많이 안 나가는 물건을 팔아야 해."

샤우지아의 말대로 담배를 사기로 했다. 보루로 사서 한 갑씩 팔 작정이다. 또 껌을 사서 한 통씩 팔거나 낱개로 팔기로 했다. 그리고 남은 쟁반은 성냥으로 가득 채웠다.

"이제 차 배달원 시절은 끝났다!"

샤우지아는 매우 기뻐했다.

"난 무덤에서 벗어난 게 좋아."

파바나는 걸으면서 쟁반의 균형을 맞추는 연습을 했다. 소중한 물건이 흙에 처박히면 곤란하니까.

편지 읽어주는 곳으로 다시 돌아온 날 아침, 오전이 거의 끝나갈 무렵 파바나는 머리 위로 뭔가가 떨어지는 것을 느꼈다. 여자의 조준 실력이 훌륭하다는 생각이 들었다. 연속적으로 두 번이나 명중시켰으니, 보통 실력은 아니다.

이번 선물은 빨간 나무로 만든 구슬이다. 파바나는 그것을 손가락으로 돌려보면서 선물을 보낸 여자를 생각했다. 어떤 여자인지 몹시 궁금했다.

무덤에 가는 일을 그만둔 뒤로 파바나는 다시 노리아와 동생들을 데리고 산책을 했다. 노리아는 달라졌다. 심술궂은 말이나 행동은 하지 않았다.

변한 것이 어쩌면 자신일지도 모른다는 생각이 들었다. 단순히 노리아와 다투는 것이 이젠 시시해졌으니.

오후에 파바나는 대부분 샤우지아를 만나 고객을 찾아 카불 거리를 배회하고 다녔다. 무덤에서 일할 때보다는 많이 벌지 못했지만 그래도 괜찮았다. 파바나는 카불을 점점 알아 갔다.

"저기, 사람들 좀 봐!"

어느 금요일 오후에 샤우지아가 축구 경기장을 가리켰다. 수천 명의 사람이 경기장으로 향하고 있다.

"와, 멋진데!"

파바나가 외쳤다.

"저 사람들 축구 보면서 담배도 피우고 껌도 씹고 싶을 거야. 우리 저기 가서 팔자."

둘은 물건이 바닥에 떨어지지 않도록 조심하면서 경기장 출입구로 빠르게 뛰어갔다. 탈레반 몇 명이 서두르라고 고함을 치면서 사람들에게 안으로 들어가라고 재촉했다. 탈레반은 몽둥이를 휘두르며 천천히 움직이는 사람들을 경기장 출입구로 밀어 넣었다.

"탈레반을 피해서 들어가자."

샤우지아의 제안대로 그들은 몇몇 남자들 사이로 재빨리 몸을 피한 다음 경기장 안으로 들어갔다.

경기장 관람석은 거의 찼다. 물건을 팔려고 관람석으로 올라갔는데, 사람들이 너무 많아 겁이 났다. 두 소녀는 꼭 붙어 있었다.

"축구 게임인데 왜 이렇게 조용해?"

샤우지아가 말했다.

"아직 게임을 시작하지 않아서 그래. 선수들이 입장하면 함성을 지를 거야."

파바나는 텔레비전으로 축구 경기를 본 적이 있다. 관중들은 참 즐거워 보였다. 그런데 이곳에 있는 사람들은 아무도 즐거워 보이지 않았다.

"뭔가 이상해."

파바나가 속삭였다.

"저것 좀 봐."

탈레반들이 운동장으로 걸어 들어왔다. 두 소녀는 머리를 낮게 숙이고 운동장을 바라보았다.

"여기서 나가자. 아무도 물건을 사지 않아. 왜 그런지 모르겠지만 무서워."

샤우지아가 말했다.

"경기가 시작되면 나가자. 지금 나가면 사람들 시선만 끌게 돼."

파바나가 말했다.

남자들이 운동장으로 들어왔지만 축구선수는 아니었다. 몇몇 남자들은 손을 뒤로 묶인 채 끌려왔다. 탈레반 두 명이 꽤 무거워 보이는 테이블을 들고 들어왔다.

"저 사람들 죄수 같아."

샤우지아가 속삭였다.

"죄수들이 축구장에서 뭐 하는데?"

파바나가 묻자, 샤우지아가 어깨를 으쓱했다.

한 남자의 묶인 손이 풀리더니 테이블에 고개를 숙였다. 여러 탈레반이 남자를 잡았고, 남자의 두 팔은 테이블 양쪽 끝으로 쭉 펴졌다.

도대체 무슨 일인지 감을 잡을 수 없었다.

축구 선수들은 어디에 있는 걸까?

갑자기 군인 하나가 칼을 꺼내 높이 쳐들더니, 남자의 팔에 힘껏 내리쳤다. 피가 사방으로 튀었고, 남자가 비명을 질렀다.

파바나 옆의 샤우지아가 비명을 질렀다. 파바나는 손으로 재빨리 샤우지아 입을 막았고, 의자 밑으로 끌어내렸다. 경기장은 조용했다.

"고개를 숙이고 있어라. 이런 일은 어른이 되어서 봐도 충분하니."

상냥한 목소리가 머리 위에서 들려왔다.

담배와 껌이 바닥에 떨어졌지만 주위 사람들이 주워서 돌려주었다.

파바나와 샤우지아는 의자 밑에서 몸을 움츠리고 있었지만, 팔 여섯 개를 더 내리치는 소리를 들어야 했다.

"자 봐라, 도둑놈들이다. 우리가 도둑을 어떻게 처벌하는지 잘 봐라. 팔 하나를 자르는 것을 잘 보란 말이다!"

탈레반이 관중에게 소리쳤다.

파바나와 샤우지아는 두 눈을 꼭 감고 몸을 움츠렸다. 잠시 뒤 상냥한 목소리가 또 들려왔다.

"이제 끝났다. 고개 들어도 돼."

두 소녀는 상냥한 사람과 주위 사람들의 보호를 받으며 경기장을 빠져나왔다.

경기장을 빠져나오기 바로 직전에 파바나는 어린 탈레반을 얼핏 보았다. 너무 어려서 아직 턱수염도 나지 않았다. 그는 잘린 손 네 개를 마치 목걸이의 구슬처럼 묶은 밧줄을 잡고 관중에게 자신의 전리품을 뽐내면서 웃고 있었다.

"집에 가거라."

상냥한 목소리가 말했다.

"집에 가서 좋은 일만 기억해라."

12.
샤우지아의 꿈

파바나는 며칠 동안 집에 있었다. 물을 긷거나 노리아와 동생들을 데리고 밖에 나가기도 했지만, 그 외에는 가족과 있고 싶었다.

"좀 쉴래요. 한동안만이라도 끔찍한 것을 보기 싫어요."

엄마와 위라 아줌마도 다른 회원들에게 들어, 경기장 사건에 대해 알고 있었다. 경기장에서 팔이 잘린 사람 중 몇몇은 그들의 남편과 오빠라고 했다.

"금요일마다 시행된다네. 도대체 우리가 몇 세기에 사는 걸까?"

엄마가 말했다.

아버지도 그곳에 끌려갈까? 파바나는 묻고 싶었지만 그러지 않았다. 엄마도 모를 테니까.

집에 있는 동안 파바나는 마르얌에게 숫자를 가르쳤고, 노리아에게 바느질을 배웠다. 또 위라 아줌마가 해주는 이야기를 들었다. 아줌마의 이야기는 아버지의 얘기만큼 유익하진 않았지만 재미는 있었다. 대부분이 필드하키 게임이나 다른 운동 경기에 관한 이야기였는데, 아줌마가 열정적으로 이야기하는 바람에 이야기에 폭 빠져들곤 했다.

빵이 떨어졌다. 모두 아무 말도 안 했다. 하지만 파바나는 일어나서 일하러 나갔다. 꼭 해야 할 일은 있는 법이다.

"돌아와서 기뻐. 보고 싶었어. 그동안 어디 있었어?"

시장에서 만난 샤우지아가 말했다.

"일하고 싶지 않았어. 조용히 있고 싶어서."

파바나가 대답했다.

"나도 그러고 싶었는데, 우리 집은 여기보다 더 시끄러워."

"너희 가족은 아직도 싸우니?"

샤우지아가 고개를 끄덕였다.

"할머니 할아버지는 며느리인 엄마를 맘에 들어 한 적이 한 번도 없어. 그런데 지금은 엄마한테 의지하는 신세지. 그것이 언짢은 거야. 엄마도 그들과 사는 게 싫지. 하지만 어쩔 수 없잖아. 갈 곳이 없는데. 그래서 모두 아옹다옹해."

파바나는 가끔 식구들이 입을 꽉 다문 채 서로 빤히 노려보기만 했을 때의 기분을 떠올렸다. 샤우지아네 집은 그것보다 훨씬 더 나쁜 것 같았다.

"비밀 얘기해줄까?"

샤우지아는 파바나를 낮은 벽으로 데리고 가서 앉았다.

"그래. 아무한테도 말 안 할게."

"난 매일 조금씩 저축하고 있어. 여기를 떠날 작정이야."

"어디로? 언제?"

샤우지아는 리듬을 타며 발로 벽을 툭툭 찼다. 파바나가 말렸다. 음악을 저주하고 금하는 탈레반이 드럼인 양 판자를 치는 아이를 때리는 것을 본 적이 있기 때문이다.

"내년 봄까지만 이대로 지낼 거야. 그때까지는 꽤 많은 돈을 모을 수 있어. 또 겨울에 여행하는 건 좋지 않으니까."

"내년 봄까지 우리가 남자여야 해? 내년 봄은 아직도 멀었는데."

"그때까지 난 남자로 있고 싶어. 내가 다시 여자로 돌아가면 집에 처박혀 있어야 해. 그건 견딜 수 없다고."

"어디로 갈 거야?"

"프랑스. 배를 타고 프랑스로 갈 거야."

"왜 프랑스야?"

샤우지아 얼굴이 환해졌다.

"내가 프랑스 사진 여러 개를 봤는데, 그 속에서는 태양이 빛나고, 사람들이 환하게 웃고, 꽃들이 활짝 피어 있었어. 물론 프랑스 사람들도 나쁜 날이 있겠지. 하지만 그들의 나쁜 날은 여기와는 다를 거야. 어떤 사진에서 봤는데, 들판 전체가 보라색 꽃으로 가득 차 있었어. 난 그곳으로 갈 거야. 그 들판 한가운데에 앉아서 아무 생각도 하지 않을 거야."

파바나는 세계 지도를 더듬더듬 기억해냈다.

"배 타고 프랑스에 갈 순 없을 거야."

"난 할 수 있어. 이미 모든 걸 알아봤어. 유목민에게 고아라고 말할 거야. 그리고 그들과 파키스탄으로 갈 거야. 아버지가 그랬는데, 그들은 양에게 먹일 풀을 찾으러 계절 따라 이리저리 옮겨 다닌대. 파키스탄에서 아라비안 해협으로 가서, 배를 타고 프랑스로 갈 거야."

샤우지아는 마치 그보다 간단한 방법은 없다는 듯이 말

했다.

"내가 탄 배가 바로 프랑스로 가지 않을 수도 있어. 하지만 적어도 이곳을 떠날 수는 있잖아. 여기를 떠나기만 하면 모든 일이 잘 풀릴 거야."

"너 혼자서 떠나?"

파바나는 이런 여행을 혼자서 한다는 게 상상이 가질 않았다.

"누가 고아 소년에게 주목하겠어? 아무도 주목하지 않을 거야. 너무 늦지 않게 떠나기를 바랄 뿐이야."

"무슨 뜻이야?"

"나는 자꾸 자라고 있어. 내 몸이 변하고 있다고. 너무 많이 변해버리면 다시 여자로 돌아가야 해. 그럼 여기 처박혀 있어야 한다고. 넌 내가 너무 빨리 자라고 있다고 생각하지 않니? 어쩌면 내년 봄이 오기 전에 떠나야 할지도 몰라. 갑자기 내 몸이 커져버릴지도 모르니까."

샤우지아의 목소리는 거의 속삭임에 가까웠다.

"나도 노리아 언니가 어떻게 자랐는지 기억이 안 나. 언니 머리카락이 자라는 것은 보았어. 그렇지만 사람이 갑자기 자란다고 생각하지는 않아. 아직 시간은 있어."

샤우지아는 다시 벽을 차더니, 갑자기 벌떡 일어섰다.

"나도 그러길 바라지."

"네가 떠나면 식구들은 어떻게 살아?"

"어쩔 수 없어."

샤우지아의 목소리가 곤두섰고 울지 않으려고 애썼다.

"난 떠나야만 해. 그게 나쁜 일이라는 건 알아. 그렇지만 그럴 수밖에 없어. 여기 있으면 죽을 것만 같다고."

파바나는 엄마와 아버지가 하던 논쟁을 기억했다. 엄마는 아프가니스탄을 떠나야 한다고 주장했고, 아버지는 그럴 수 없다고 했다. 엄마는 왜 떠나지 않았을까? 즉시 해답을 찾았다. 엄마는 돌볼 아이들을 네 명이나 데리고 몰래 도망갈 수 없었을 것이다.

"난 다시 평범한 아이가 되고 싶어. 학교와 집을 오가며, 다른 사람이 일해 번 음식을 먹고 싶고, 아버지가 계셨으면 좋겠고. 난 그냥 그렇게 평범하고 지루한 일상으로 돌아가고 싶어."

파바나가 말했다.

"난 다시 학교에 다닐 수 있다고 생각하지 않아. 영원히."

샤우지아는 말하면서 담배가 담긴 쟁반을 조절했다.

"비밀 지켜줄 거지?"

파바나가 고개를 끄덕였다.

"함께 가지 않을래? 서로 의지할 수 있어."

"잘 모르겠어."

아프가니스탄을 떠날 수는 있다고 생각한다. 하지만 가족을 떠날 수는 없다. 그럴 순 없다.

"나도 비밀이 있어."

파바나는 주머니에서 창문 속 여자에게서 받은 작은 선물을 꺼냈고, 사우지아에게 선물을 받게 된 얘기를 들려주었다.

"와우, 정말 미스터리한데. 그 여자가 누굴까? 혹시 공주가 아닐까!"

"우리가 구할 수 있을지도 몰라."

파바나가 말했다.

파바나는 벽을 기어 올라가서 맨주먹으로 창문을 부수고 공주를 구출해 내려오는 자신을 상상했다. 공주는 실크 드레스에 보석을 하고 있을 것이다. 파바나는 말 위에 공주를 태우고 카불의 먼지 속을 빠르게 내달리는 모습을 상상해 보았다.

"빠른 말이 필요하겠어."

파바나가 말했다.

"저건 어떻게 생각해?"

샤우지아는 시장 쓰레기통에서 코를 실룩거리는 털이 긴 양 떼를 가리켰다.

파바나는 웃었고, 소녀들은 다시 일하러 갔다.

엄마의 제안대로 파바나는 말린 과일과 호도를 샀다. 노리아와 마르얌이 그것을 한 사람의 간식 분량으로 나누어 작은 봉지에 담았다. 파바나는 그것을 담요 위에서도 팔고 쟁반에 담아서도 팔았다.

오후에 파바나와 샤우지아는 손님을 찾아 시장 주위를 배회했다. 가끔 버스 터미널에도 들렀지만 그곳에는 경쟁자가 너무 많았다. 많은 아이가 물건을 파느라 정신이 없었다. 행상 소년들은 아무에게나 뛰어가서 길을 가로막고 말을 토해냈다.

"껌 사세요! 과일 사세요! 담배 사세요!"

파바나와 샤우지아는 부끄럼 탓에 그러지 못했다. 대신 손님이 스스로 찾아올 때까지 기다렸다.

파바나는 지쳐갔다. 교실에 앉아서 지루한 지리 수업을 듣고 싶었다. 친구들과 숙제와 게임에 관해서도 이야기하고, 노는 날에는 뭘 할 것인지에 대해서도 이야기를 나누고 싶었다. 죽음과 피, 고통 따위는 알고 싶지 않았다.

시장도 더는 흥미롭지 않았다. 한 남자가 고집스러운 당

나귀와 씨름할 때도 웃지 않았고, 지나가면서 주고받는 사람들의 대화에도 흥미를 잃었다. 어느 곳을 가든 배고프고 아픈 사람들뿐이다. 부르카를 입은 여자들이 아이들을 앞세워 구걸하는 모습도 자주 눈에 띄었다.

끝이 없었다. 이것은 끝을 내고 일상으로 돌아가는 여름 휴가가 아니었다. 오히려 이것이 일상이다. 파바나는 그것에 피로감을 느꼈다.

카불에 여름이 찾아왔다. 탈레반이나 지뢰의 눈치를 보지 않고 꽃들이 피어났다. 평화로운 시절에 피었던 것과 똑같은 꽃들이.

창이 작은 파바나의 집은 6월 한 달간 너무 더워서 미칠 지경이었다. 밤이면 동생들은 열기로 보채기 일쑤였다. 착한 마르얌마저도 칭얼거렸다. 파바나는 아침에 집에서 나올 수 있다는 것이 기뻤다.

여름은 과일을 선사했다. 아직 폭파되지 않은 비옥한 계곡에서 과일이 열렸다. 파바나는 시장에서 돈을 좀 더 번 날이면 과일을 사 왔다. 식구들은 번갈아가며 복숭아와 자두를 먹었다.

아프가니스탄 전국의 상인들이 산을 넘어 카불로 모여들

었다. 시장에서, 샤우지아와 함께 쟁반을 들고 돌아다니면서 파바나는 바미안에서 온 사람들도 보고, 칸다하르 근처에 있는 리지스탄 사막에서 온 사람들도 만나고, 중국 근처의 와칸 코리도어에서 온 사람들도 만났다.

가끔 그들은 파바나에게 말린 과일이나 담배를 사기도, 읽거나 쓸거리를 주었다. 파바나는 항상 그들에게 어디에서 왔는지, 그곳은 어떤 곳인지 물어보았다. 상인들은 날씨에 대해서, 아름다운 산이나 밭에 피어난 양귀비꽃에 대해서, 과일이 가득 열린 과수원에 대해서 이야기했다. 또 그들이 본 전쟁에 대해서도, 잃어버린 사람에 대해서도 설명했다. 파바나는 그것을 다 기억했다가 집에 가서 식구들에게 들려주었다.

엄마와 위라 아줌마가 주도하는 여성단체에서 드디어 비밀 학교를 열었다. 노리아도 학생들을 가르쳤다. 탈레반에 발각되면 큰일이기 때문에 노리아와 위라 아줌마는 조심하고 또 조심했다.

학생은 마르얌을 포함해서 겨우 다섯 명이었고, 모두 마르얌 또래였다. 그들은 두 그룹으로 나누어 수업을 받았다. 수업은 이틀 연속으로 진행되진 않았다. 가끔 학생들이 노리아에게 오기도 하고, 노리아가 학생들에게 가기도 했다.

"수업하는 건 어때?"

파바나가 노리아에게 물었다.

"일주일에 몇 시간밖에 안 하는데 뭐. 게다가 책과 학용품도 없고. 그렇지만 아무것도 하지 않는 것보다는 나아."

노리아가 대답했다.

비밀 창문에서 보내오는 작은 선물은 2주마다 한 번씩 담요로 날아왔다. 수를 놓은 조각일 때도 있고, 사탕이나 구슬일 때도 있었다. 그것은 마치 창문 속 여자가 '나 아직 여기 있어요.'라고 말하는 것 같았다. 그녀가 할 수 있는 유일한 방법이다. 파바나는 시장을 떠날 때마다 담요를 조심스럽게 살폈다.

어느 날 오후 창문에서 소리가 들려왔다. 남자의 화난 목소리였다. 남자는 울면서 비명을 지르는 여자에게 고함을 쳐댔다. 쿵 소리와 함께 더 큰 비명이 들렸다. 파바나는 생각할 겨를도 없이 벌떡 일어나 창문을 올려다보았다. 그러나 까맣게 칠해진 창을 통해서는 아무것도 볼 수 없었다.

"저 남자 집에서 일어나는 일은 그 사람 일이야."

뒤에서 남자 목소리가 들려왔다. 몸을 홱 돌리니, 한 남자가 편지봉투를 들고 서 있었다.

"그 일은 신경 쓰지 말고, 네 일에나 신경 써라. 편지 좀 읽어줘."

파바나는 그날 밤 가족에게 그 사건에 관해 이야기하려 했지만 그럴 기회가 없었다. 오히려 엄마가 할 말이 있다고 했다.

"넌 상상도 못 했겠지만, 노리아는 곧 결혼할 거야."

13.
노리아의 결혼 여행

"그 남자를 만나본 적도 없잖아!"

다음날 오후 파바나는 노리아에게 소리쳤다.

"당연히 만났지. 오랫동안 이웃이었으니까."

"그땐 어렸잖아. 난 언니가 학교에 다니고 싶어 한다고 생각했는데."

"난 학교로 돌아갈 거야. 어젯밤에 엄마가 한 말 못 들었어? 결혼하면 나는 북부인 마자리샤리프에서 살게 될 거야. 그곳에는 탈레반이 없어. 그래서 그곳 여자들은 자유롭게 학교에 다닐 수 있어. 그 사람 부모님은 교육받은 분이야.

난 고등학교에 갈 거고, 그들이 대학에도 보내줄 거야."

모든 일은 파바나가 일하러 밖에 나가 있는 동안 편지로 이루어졌다. 신랑 쪽 가문의 한 여자가 엄마와 같은 여성단체 일원이다. 편지는 그 단체의 한 회원에게서 다른 회원에게로 전해져 마침내 엄마에게 도착했다.

파바나도 그 편지를 읽었다. 하지만 의문점이 한둘이 아니다.

"정말로 이 결혼을 하고 싶어?"

노리아가 고개를 끄덕였다.

"내 삶을 봐. 탈레반 통치를 받으며 사는 것도 지긋지긋하고, 동생들을 돌보는 것도 지겨워. 내가 가르치는 수업은 너무 띄엄띄엄 열려서 별로 가치가 없어. 여기선 내 미래가 없다고. 그런데 마자리는 달라. 학교에 다닐 수 있고, 부르카를 입지 않고도 거리를 돌아다닐 수 있어. 학교를 졸업하면 직업도 가질 수 있어. 마자리에서 난 내 삶을 살 수가 있다고. 그러니 이 결혼을 하고 싶어."

며칠 동안 결혼과 관련해 많은 토론이 있었지만, 파바나는 일하러 나갔기에 참여하지 못했다. 저녁에 집으로 돌아오면 결정된 사항을 들었다.

"우린 결혼식 때문에 마자리에 가야 해. 결혼식을 준비하는 동안 그곳에 사는 고모와 함께 있을 거야. 결혼하면 노리아는 새 가족과 함께 살고, 우린 10월에 다시 카불로 돌아올 거야."

"카불을 떠난다고요? 그럼 아버지는요? 아버지가 감옥에서 풀려났는데, 우리가 집에 없으면 어떻게 해요? 아버지는 우리가 어디로 갔는지 모르잖아요."

파바나가 큰 소리를 내었다.

"내가 여기 있을게. 네 아버지에게 너희가 어디에 있는지 말하고, 너희가 돌아올 때까지 잘 돌볼게."

위라 아줌마가 대답했다.

"노리아를 마자리까지 혼자 보낼 수는 없어. 넌 아직 어리니까 우리와 같이 가야 해."

엄마가 말했다.

"전 안 가요."

파바나는 고집을 부렸다.

"그동안 거리를 날뛰며 돌아다니더니 버릇이 없어졌구나."

엄마가 목소리를 높였다.

"전 마자리에 안 가요!"

파바나가 고집을 부렸다. 심지어 발까지 구르며.

"그렇게 발을 가만두지 못하는 걸 보니, 나가서 산책 좀 하고 오는 게 좋겠다. 물도 좀 길어오고."

위라 아줌마가 나섰다.

파바나는 물통을 들고 나오면서 문을 쾅 닫았다.

파바나는 3일 내내 아무 말도 하지 않고, 얼굴을 온통 찡 그리고 다녔다.

"얼굴 좀 펴라. 너를 남겨놓기로 했다. 네 못된 행동 때문에 그런 건 아니야. 열한 살짜리 아이는 엄마에게 자기 마음대로 뭘 하겠다고 우기지 않아. 널 두고 떠나는 것은 남장한 너를 설명하기가 어렵기 때문이야. 물론 고모가 비밀을 지켜주겠지만, 모든 사람을 믿을 수는 없으니, 항상 조심해야 해. 다시 돌아올 때까지 비밀이 지켜진다는 보장이 없어서."

파바나는 카불에 남게 되어 기쁘긴 했지만, 가족이 자기를 데리고 가지 않는 것에도 부루퉁해졌다.

"어떤 것도 맘에 들지 않아."

다음날 샤우지아를 만났을 때 파바나가 말했다.

"나도 그래. 쟁반을 메고, 물건만 팔 수 있으면 행복할 거라고 생각했는데, 전혀 행복하지 않아. 차를 배달할 때보다 돈을 더 많이 버는데도 현실적으로는 별 차이가 없어. 우린 여전히 배고프고, 가족은 항상 다투고, 좋아지진 않아."

"어떻게 해야 할까?"

"누군가 이 나라에 거대한 폭탄을 떨어뜨려서 모든 것을 다시 시작해야 할 거야."

"이미 일어난 일이잖아. 그건 상황을 더 나쁘게 만들 뿐 이라고."

여성단체 지부에 소속되어 있는 여자 한 사람이 마자리 샤리프로 파바나 가족을 안내하기로 했다. 공식적으로 남 자가 필요했기에, 그 여자 남편이 동행하기로 했다. 탈레반 이 질문하면 엄마는 그 남편의 동생이고, 노리아와 마르얌 과 알리는 조카라고 하기로 했다.

노리아는 마지막으로 벽장을 깨끗이 청소했다. 파바나는 노리아가 짐 싸는 모습을 지켜봤다.

"계획대로라면 우린 마자리에 이틀 정도 있을 거야."

노리아가 파바나에게 말했다.

"언니 겁 안 나? 먼 길인데."

"쭉 일이 잘못되는 생각만 하고 있었어. 그런데 엄마가 모든 게 잘될 거라고 했어. 어쨌든 탈레반 영토를 벗어나자 마자 부르카를 벗어서 갈기갈기 찢어버릴 테야."

노리아가 한껏 들떠서 말했다.

식구들은 트럭 뒤에 타고 가기로 했다.

다음날 파바나는 시장에 가서 가족이 여행하는 동안 먹을 음식을 샀다. 그리고 노리아에게 줄 선물을 사고 싶어서 시장 여기저기를 돌아다닌 끝에 구슬 케이스에 든 펜을 샀다.

노리아가 대학에 가서 이 펜을 사용할 때마다, 진짜 학교 선생님이 되었을 때에도 자신을 생각해주길 바라는 마음으로.

"여름 내내 돌아오지 않을 거야. 위라 아줌마와 잘 지내야 한다. 아줌마가 시키는 대로 하고, 말썽 피우지 말고."

떠나기 전날 밤, 엄마가 파바나에게 당부했다.

"우린 잘 지낼게. 아마 네가 돌아올 때쯤이면 파키스탄에서 인쇄한 잡지가 들어올 거야. 배포만 하면 돼."

위라 아줌마가 말했다.

그들은 다음날 아침 일찍 떠나기로 했다. 7월 중순의 아침치고는 선선했다. 그러나 그것은 곧 따가운 태양이 내리쬘 거라는 암시이기도 했다.

"서둘러서 떠나자."

엄마가 재촉했다.

거리엔 아무도 없었기에 엄마와 노리아, 위라 아줌마는 부르카를 살짝 열어 얼굴을 드러냈다.

파바나는 일찍 깨웠다고 심술부리며 발버둥 치는 알리에게 뽀뽀했다. 엄마가 알리를 트럭 뒤에 앉혔다. 파바나는 마르얌에게도 뽀뽀하고는 동생을 들어 트럭에 앉혔다.

"9월 중순쯤에 보자."

엄마가 파바나를 껴안았다.

"네가 자랑스럽구나."

"저도 엄마가 자랑스러워요."

파바나는 울지 않으려고 애썼다.

"우리가 다시 만날 날이 올까?"

노리아가 트럭에 올라타기 전에 말했다. 파바나가 준 선물을 손에 꼭 쥐고는.

"아마 곧 다시 만날 거야. 언니의 그 잔소리를 못 견디고 형부가 얼른 카불로 돌려보낼 테니."

비록 눈에서는 눈물이 흐르고 있었지만 파바나는 히죽 웃으면서 말했다.

노리아도 웃었고, 트럭에 올랐다. 여성단체 회원인 여성

과 그 남편은 앞좌석에 탔다. 파바나와 위라 아줌마는 트럭
이 사라질 때까지 손을 흔들었다.

"자 우린 차나 한잔 하자."

위라 아줌마가 말했고, 그들은 계단을 올라갔다.

몇 주 동안은 무척 낯설었다. 파바나와 위라 아줌마, 아줌
마 손녀만 있으니, 집이 텅 빈 것처럼 보였다. 허드렛일도
적었고, 시끄럽지도 않았고, 여유 시간도 많았다.

파바나는 알리의 응석조차 그리웠고, 시간이 지날수록 가
족이 더 그리워 그들이 돌아오기만을 손꼽아 기다렸다.

이런 외로움 속에서도 파바나는 여유를 즐겼다. 아버지가
체포된 후 처음으로 벽장 밑에 숨겨놓은 책을 꺼냈다. 저녁
에는 그 책을 읽거나 위라 아줌마의 이야기를 들으면서 시
간을 보냈다.

아줌마는 파바나가 번 돈 중 일부는 용돈으로 쓰라고 했
다. 그래서 가끔 케밥 가게에서 샤우지아에게 점심을 샀다.
두 소녀는 이용할 수 있는 화장실을 찾았기에, 종일 밖에
있을 수 있었다. 파바나는 하루 일과를 다 끝내고 집에 들
어갔다. 하루가 더 지나면 식구들이 돌아올 날이 가까워졌
다는 뜻이니.

8월 말에 폭우가 내리쳤다. 저녁이 되기 전에 영리한 샤우지아는 갑자기 하늘이 어두워진 것을 보고는, 비를 맞지 않으려고 서둘러서 집으로 향했다.

파바나는 샤우지아만큼 영리하지 못해 미처 비를 피하지 못했다. 두 팔로 쟁반을 감싸면서 파괴된 건물 안으로 들어가 비가 그치기만을 기다렸다.

파괴된 건물 안은 어둑컴컴했다. 두 눈이 어둠에 적응하려면 시간이 좀 필요했다. 뭔가가 보이기를 기다리는 동안 파바나는 출입문에 기대어 비가 카불의 먼지를 진흙으로 바꿔놓는 것을 지켜보았다.

빗줄기가 광풍과 뒤섞여 퍼붓는 바람에 파바나는 건물 안으로 더 깊이 들어갔다. 건물에 지뢰가 없기를 희망하면서 물기가 없는 장소를 찾아 앉았다.

내리치는 빗줄기는 땅에 닿을 때마다 규칙적인 리듬을 만들어냈다. 파바나는 그 리듬에 맞춰 고개를 끄덕이다가 그만 잠이 들었다.

깨어났을 때 비는 이미 멈추었지만, 여전히 하늘은 어두웠다.

"늦으면 안 되는데."

파바나는 혼잣말로 크게 중얼거렸다.

그때 어디선가 여자의 울음소리가 들려왔다.

14.
마자리샤리프에서 온
낯선 여자

울음소리가 너무 작고 슬퍼서 놀라지는 않았다.

"누구세요?"

너무 크지 않게 소리쳤다. 너무 어두워서 어디서 나는 소리인지 전혀 짐작이 가지 않았다. 쟁반 위를 더듬거려 성냥갑을 찾았다. 성냥 한 개비를 긋자, 불꽃이 타올랐다. 파바나는 성냥불을 들고 울음소리를 찾았다.

성냥 세 개비를 쓰고 나서야, 벽 근처에서 몸을 한껏 움츠린 여자를 찾았다. 파바나는 계속해서 성냥을 그어대며 여자에게 다가갔다.

"이름이 뭐예요?"

파바나가 물었지만 여자는 울기만 했다.

"그럼 내 이름부터 말할게요. 내 이름은 파바나인데, 변장했기 때문에 카심이라고 해야 해요. 남장을 하고 돈을 벌어요. 하지만 진짜 여자죠. 이건 비밀이에요."

여자는 아무 말도 하지 않았다. 파바나는 밖을 흘끗 내다보았다. 시간이 점점 늦어지고 있다. 야간통행금지에 걸리지 않으려면 지금 가야 한다.

"저와 함께 가요. 엄마는 지금 집에 안 계시지만, 위라 아줌마가 있는데, 무슨 문제든 해결해주거든요."

파바나는 다시 성냥을 켜서 여자 얼굴 쪽으로 내밀었다. 갑자기 여자 얼굴이 드러났다. 민얼굴이다.

"부르카는 어디 있어요?"

주위를 살펴보았지만 부르카는 보이지 않았다.

"부르카도 입지 않고 밖에 나왔어요?"

여자가 고개를 끄덕였다.

"이러고 밖엘 나오다니요? 이러면 곤란한 문제가 생긴다고요."

여자는 고개만 흔들뿐이었다.

"방법이 있어요. 내가 집에 가서 위라 아줌마의 부르카를 가져올게요. 그걸 입으면 돼요. 알았죠?"

파바나가 일어서려고 하자, 여자가 팔을 잡았다. 파바나는 다시 밖을 내다보았다. 밤이 다가오고 있었다.

"낮엔 괜찮지만, 밤엔 일찍 들어가지 않으면 아줌마가 걱정한다고요."

여자는 파바나 팔을 놔주지 않았다.

난감했다. 밤새 건물 안에 있을 수는 없지 않은가. 겁을 집어먹은 여자는 홀로 남으려고 하지 않았다. 파바나는 손으로 쟁반을 더듬어 말린 과일과 호두 봉지 두 개를 찾았다.

"자요. 뭘 좀 먹으면 더 좋은 생각이 날 거예요."

파바나는 여자에게 봉지 하나를 건넸다. 여자는 허겁지겁 먹어치웠다.

"굉장히 배가 고팠나봐요."

파바나는 또 다른 봉지를 건네면서 말했다.

파바나는 곰곰이 생각에 잠기더니, 마침내 결심했다.

"이렇게 해요. 여기서 더 어두워질 때까지 기다렸다가 함께 우리 집으로 가는 거예요."

여자가 고개를 끄덕였다.

"좋아요. 그럼 문 가까이 가요. 이젠 성냥불 없이도 가는 길이 보일 거예요. 조금이라도 시선을 끌면 안 되니까요."

그들은 조심스럽게 출입문 쪽으로 향했다. 지나가는 사람에게 들키지 않을 정도의 위치까지 가서는 조용히 밤이 깊어지기를 기다렸다.

카불의 밤은 어두웠다. 야간통행금지가 20년 넘게 실행되었고, 많은 가로등이 폭탄에 파괴되었다. 그나마 파괴되지 않은 가로등도 작동되지 않았다.

"카불은 더운 지역이야. 우린 밤에 아이스크림을 먹으면서 거리를 산책하곤 했지. 초저녁에는 서점이나 레코드 가게에 들르기도 했고. 카불은 밝고 진보적이고 흥분을 주는 도시였어."

파바나는 부모님이 말한 카불의 옛 모습을 상상할 수 없었다.

잠시 후 아무것도 보이지 않을 만큼 어두워졌다.

"제 곁에 꼭 붙어요."

여자가 파바나 손을 꽉 잡았다.

"여기서 집은 멀지 않지만, 오늘 밤엔 얼마나 걸릴지 모르겠어요. 걱정하지 마세요."

파바나는 용감한 척하면서 웃었다.

어두워서 여자는 파바나의 미소를 볼 수는 없었지만, 그래도 파바나는 기분이 좋았다.

난 말랄라이야, 적의 영토로 군대를 이끌고 가는, 이라고 생각하며 용기를 냈다.

비록 목에 쟁반을 둘러멘 모습이 전투 영웅처럼 느껴지긴 어려웠지만, 그래도 그런 생각은 도움이 되었다.

좁고 구불구불한 어둠 속 시장길은 무척 낯설었다. 두 사람의 발자국 소리가 좁은 길을 따라 울려 퍼졌다. 파바나는 좀 더 살살 걸어야 한다고 말하려다가 그만두었다. 탈레반은 여자들이 걸을 때 시끄럽게 소리 내는 것을 금한다. 만약 통행금지 위반으로 잡힌다면 가리지 않은 이 여자의 발걸음 소리는 새 발의 피일뿐이다. 축구 경기장의 모습이 떠올랐다. 파바나는 탈레반이 자신에게, 이 여자에게 무슨 짓을 할지 더는 생각하고 싶지 않았다.

앞에서 헤드라이트 빛이 보였다. 재빨리 여자를 건물 안으로 끌고 갔다. 군인들을 가득 실은 트럭이 지나갔다. 파바나는 몇 번이나 울퉁불퉁한 길로 접어들었다. 길을 잃었다고 생각하는 순간에는 숨이 멎을 것만 같았다. 드디어 방향을 찾았다. 파바나 산 거리로 접어든 파바나는 여자를 잡고 뛰기 시작했다. 갑자기 두려움이 밀려왔다. 당장 집에 가지 않으면 쓰러질 것만 같았다.

"드디어 왔구나!"

위라 아줌마가 안도의 한숨을 내쉬며 파바나와 여자를 끌어안았다.

"손님을 데리고 왔네. 어서와."

순간 아줌마는 여자의 상태를 깨닫고는 경계의 눈빛을 보냈다.

"파바나, 너 설마 저런 상태로 거리를 활보하고 온 거니? 부르카도 없이?"

파바나가 이제껏 일을 설명했다.

"사정이 있는 것 같아요."

위라 아줌마는 망설임 없이 한쪽 팔을 여자의 어깨에 둘렀다.

"자세한 이야기는 나중에 하고, 따뜻한 물이 있으니, 우선 씻고 저녁 먹자. 너는 파바나보다 나이가 한참 많아 보이진 않는구나."

그제야 파바나는 여자를 자세히 보았다. 밝은 데서는 처음 보는데, 노리아보다 약간 어려 보였다.

"깨끗한 옷 좀 가지고 와."

엄마의 살와르 카미즈를 꺼내주자, 위라 아줌마가 여자를 욕실로 데리고 갔다.

파바나는 다음날 팔 물건을 쟁반에 가득 채워놓고는 방바닥에 비닐 테이블을 폈다. 난과 차를 마실 컵을 꺼내는데, 아줌마가 여자와 욕실에서 나왔다.

엄마의 깨끗한 옷을 입고, 감은 머리를 뒤로 넘긴 여자는 두려움은 좀 가신 듯 했으나 지쳐 보였다. 여자는 차를 반 컵 정도 마시고, 밥을 좀 먹고는 잠이 들었다.

다음 날 아침에 파바나가 일하러 나갈 때까지도 여자는 자고 있었다.

"물 좀 길어다 주겠니?"

위라 아줌마가 파바나가 나가기 전에 물었다.

"저 불쌍한 아이의 옷 좀 빨아야겠어."

그날 밤 저녁을 먹고 나서야 여자가 입을 열었다.

"제 이름은 호마예요. 마자리샤리프를 탈출했어요. 탈레반이 그곳을 점령했거든요."

"탈레반이 마자리를 점령했다고? 그럴 순 없어! 엄마가 그곳에 있는데! 동생들도! 언니도!"

파바나가 소리쳤다.

"탈레반이 마자리를 점령했어요."

호마가 되풀이해서 말했다.

"탈레반은 불순분자를 찾는다며 집집이 수색했어요. 우

리 집도요. 갑자기 들이닥쳐서 아버지와 오빠를 끌고 나가 즉시 총살했어요. 엄마가 울면서 대드니까 엄마도 총으로 쐈어요. 나는 얼른 안으로 달려와 장롱에 숨었어요. 아주 오랫동안 거기에 있었어요. 나도 죽일 거라고 생각했는데, 그러진 않았어요. 그들은 다른 집에 가서 사람들을 마구 죽이느라 바빴거든요."

호마는 한숨을 쉬고는 계속했다.

"한참 있다가 장롱에서 나와 밖으로 나갔어요. 거리엔 온통 시체들로 가득 차 있었죠. 탈레반은 시체를 옮기지도 못하게 하고, 심지어는 덮지도 못하게 했어요. 집에 처박혀 있으라고만 했어요."

진정이 되질 않는지 호마는 잠시 멈추었다.

"탈레반이 다시 올까 봐 너무 무서웠어요. 그래서 밤에 도망쳤어요. 탈레반 눈을 피해 이리저리 도망쳤어요. 가는 곳마다 시체가 널려 있었어요. 들개들이 시체를 뜯어 먹어 너덜너덜해졌어요. 사람 팔을 물고 가는 개도 보았어요."

호마는 계속했다.

"견딜 수가 없었어요. 마침 길에 트럭이 멈춰 섰기에, 그 뒤에 올라타서 물건들 사이에 숨었어요. 어디를 가든 여기보다는 나쁘지 않을 테니까요."

호마는 잠시 쉬었다가 말을 이었다.

"아주 오랫동안 차를 탔어요. 나와 보니 카불이더라고요. 나는 트럭에서 내려 어떤 건물 안으로 들어갔어요. 그곳에서 파바나가 저를 발견했어요."

호마가 울기 시작했다.

"그곳에 다 남겨두고 왔어요. 엄마, 아버지, 오빠를 거리에, 개들이 뜯어 먹도록 말이에요."

위라 아줌마가 호마를 안았다. 하지만 호마는 진정이 되질 않았다. 계속 울다가 잠이 들었다.

파바나는 움직일 수 없었다. 말도 안 나왔다. 낯선 도시의 거리에 쓰러져 있는 엄마와 언니와 동생들 상상만 들었다.

"네 가족이 다쳤다는 증거는 없어. 네 엄마는 똑똑하고 강한 여자야. 노리아도 그렇고. 가족이 살아 있다고 믿어야 해. 희망을 버려선 안 돼."

희망은 없다.

예전에 엄마가 했던 것처럼 파바나는 매트리스에 누워 이불을 뒤집어썼다. 영원히 누워 있으려는 듯.

이틀 내내 파바나는 꼼짝 않고 누워 있었다.

"이것은 우리 집 여자들이 슬플 때 하는 행동이에요."

파바나가 위라 아줌마에게 말했다.

"네 엄마는 영원히 그렇게 있지 않았어. 다시 일어나서 힘을 냈지."

파바나는 대답하지 않았다. 다시는 일어나고 싶지 않았다. 이젠 논쟁도 지겹다.

위라 아줌마는 호마와 손녀를 돌보느라 쉴 틈이 없었다.

오후 늦게 샤우지아가 파바나를 찾아왔다.

"와줘서 기쁘다."

아줌마는 샤우지아를 데리고 나가 잠시 이야기를 나누었다. 샤우지아는 물 두 동이를 길어온 후 파바나 옆에 앉았다. 한동안은 일상적인 이야기를 했다. 장사가 어땠는지, 시장에서 본 사람들 이야기, 다른 남자아이들과 나눴던 이야기. 그러다 말했다.

"난 혼자 일하고 싶지 않아. 네가 없는 시장이 싫어. 다시 돌아올 거지?"

파바나는 거절할 수 없었다. 이미 알고 있다. 일어나야 한다는 것을. 죽을 때까지 매트리스에 누워 있을 순 없으니까.

파바나는 자리를 털고 일어나 전처럼 행동했다. 시장에 일하러 가고, 물을 길어 오고, 위라 아줌마와 이야기하고, 호마와 친해졌다. 파바나가 그처럼 행동한 것은 달리 어떻게 해야 할지 몰랐기 때문이다. 하지만 하루하루는 끔찍한 악몽을 꾸는 것 같았다. 아침에도 풀려나지 않는 그런 악몽을.

그러던 어느 날 오후 늦게, 일을 마치고 집에 돌아오는데, 두 남자가 조심스럽게 다리 한쪽이 없는 남자를 부축하며 아파트 계단을 오르고 있었다. 아버지다.

적어도 악몽의 일부는 끝이 났다.

15.
카불시장의 야생화

처음엔 알아보지 못했다.

하지만 곧 누구인지 알아보았다. 흰색 살와르 카미즈가 회색으로 바뀌어 갈기갈기 찢겨 있었고, 얼굴이 곪고 창백해졌다 하더라도 분명히 아버지다.

파바나는 뛰어가서 아버지에게 꽉 매달렸다. 그러자 위라 아줌마가 재빨리 파바나를 떼어내고, 아버지를 매트리스에 눕혔다.

"교도소 건물 밖의 바닥에 있었어요. 탈레반이 풀어줬는데, 혼자 힘으로는 움직이지 못하더군요. 주소를 알려주기에, 수레에 태워 왔어요."

아버지를 데리고 온 사람 중 한 명이 말했다.

파바나는 매트리스에 누워 있는 아버지에게 달라붙어서 울었다. 두 남자는 차를 마시고 일어섰다. 통행금지에 걸리기 전에 집으로 가야 했다. 그제야 파바나는 손님에게 예의를 차리지 못한 것이 생각나 벌떡 일어섰다.

"아버지를 모셔다 주셔서 고맙습니다."

고마운 남자들이 떠나자, 파바나는 다시 아버지 옆에 누우려고 했다.

"쉬게 해드리자. 이야기는 내일 해도 되니."

파바나는 순순히 그 말을 따랐다. 아버지는 너무 많이 아파서 말할 기운이 없었고, 기침도 심했다. 며칠 동안 위라 아줌마가 정성스럽게 간호한 덕분에 조금씩 나아지기 시작했다.

"감옥이 춥고 습했을 거야."

위라 아줌마가 말했다.

파바나는 아줌마가 수프를 만드는 것을 도왔고, 아버지에게 따뜻한 수프를 먹였다. 며칠이 지나자, 아버지는 앉아서 먹을 수 있을 정도가 되었다.

"이제 너는 내 딸이자 아들이다."

아버지는 딸아이의 바뀐 모습을 보고, 어떤 상황인지 알아차렸고, 한 손으로 짧은 파바나의 머리를 쓰다듬으며 미소 지었다.

파바나는 자주 수돗가에 다녀왔다. 아버지의 상처가 깊어서 약을 바른 붕대를 자주 갈고 씻겨주어야 했다. 호마는 아버지가 쉴 수 있도록 아줌마 손녀를 조용히 시켰다.

파바나는 지금 당장 아버지와 이야기를 할 수 없어도 괜찮았다. 아버지가 집에 있다는 것만으로도 기쁨이 넘쳤다. 파바나는 낮에는 돈을 벌고, 밤에는 위라 아줌마를 도왔다. 아버지의 상태가 좋아지자, 아버지에게 비밀 책을 읽어주었다.

호마는 영어를 어느 정도 말할 수 있었다. 어느 날 파바나가 일을 마치고 집으로 돌아왔는데, 아버지와 호마가 서로 영어로 말하고 있었다. 호마는 자주 더듬거렸지만 영국 유학을 다녀온 아버지의 영어는 유창했다.

"오늘도 교육받은 여자를 데리고 왔니?"

아버지가 웃으면서 파바나에게 물었다.

"아니요. 오늘은 양파를 데리고 왔어요."

아버지가 웃고, 아줌마도 웃었다. 호마도 웃고, 파바나도

웃었다. 아버지가 체포된 뒤로 처음으로 집 안에 웃음소리
가 가득했다.

아버지가 돌아왔으니, 이제 다른 가족만 돌아오면 된다.
파바나는 다시 희망을 품었다. 시장에서 진짜 남자아이들
이 하는 것과 똑같이 손님들을 쫓아다녔다. 아줌마가 아버
지에게 필요한 약이 있다고 했다. 파바나는 일하고 또 일해
서 필요한 약을 샀다. 희망은 힘과 용기를 주었다.

"희망이 있어서 좋아. 난 가족이 무사히 돌아올 수 있게
하려고 일하는 거야."

어느 날 파바나가 손님을 찾아다니면서 샤우지아에게 말
했다.

"나도 희망이 있어. 난 아프가니스탄에서 벗어나려고 일
하는 거야."

샤우지아는 파바나 말을 흉내 냈다.

"가족이 보고 싶지 않을까?"

"할아버지가 나를 결혼시키려고 해. 할머니한테 말하는
것을 우연히 들었어. 내가 어리기 때문에 좋은 가격을 받을
수 있대. 그러면 돈을 많이 벌 거래."

"엄마가 반대 안 해?"

"엄마가 무슨 힘이 있겠어? 그들과 살아야 하는 처지인데. 엄마는 갈 곳이 없거든."

샤우지아가 걸음을 멈추고 파바나를 바라보았다.

"난 결혼할 수 없어! 결혼하지 않을 거라고!"

"그럼 네 엄마는 너 없이 거기서 어떻게 살아? 어떻게 먹고 살아?"

"나 보고 어쩌라는 거야? 여기 있으면 결혼해야 해. 그럼 내 인생은 끝이야. 이곳을 떠난다면 기회가 있을지도 몰라. 이 세상 어딘가에 내가 살 만한 곳이 있을 거야. 이런 생각이 잘못이니?"

샤우지아는 흘러내리는 눈물을 닦았다.

"방법이 없잖아."

파바나는 샤우지아를 어떻게 위로해야 할지 몰랐다.

어느 날 마자리샤리프에서 온 여성단체 회원이 위라 아줌마를 찾아왔다. 파바나는 일하느라 집에 없었기 때문에 아버지가 저녁에 알려주었다.

"사람들이 마자리에서 도망쳐 나와, 도시 밖 난민촌에 있다더라."

"엄마도 그곳에 계신데요?"

"그럴 가능성이 있지만, 난민촌에 가서 확인하기 전에는 알 수 없지."

"그럼 어떻게 해요? 떠날 만큼 회복하셨어요?"

"회복하진 않았지만 어쨌든 떠나야지."

"그럼 언제 떠나나요?"

"타고 갈 것이 준비되는 대로 떠나자. 감옥에서 날 데리고 온 사람들한테 편지 좀 전해주겠니? 그들의 도움을 받으면 2주 안에는 떠날 수 있을 거야."

파바나는 그동안 궁금했던 것을 물었다.

"탈레반은 왜 아버지를 풀어줬어요?"

"왜 체포했는지도 모르는데, 풀어준 이유를 어떻게 알겠니?"

파바나는 그 대답으로 만족해야 했다.

파바나는 또 변화의 길목에 섰다. 어떻게 이렇게 차분할 수 있는지가 오히려 놀라웠다. 아버지가 돌아왔기 때문일 것이다.

"우린 가족을 꼭 찾을 거예요. 꼭 찾아서 집으로 데려올 거예요."

파바나는 확신에 차서 말했다.

위라 아줌마도 파키스탄에 가기로 했다.

"호마도 데리고 갈 거야. 그곳에서 함께 일할 거야."

아줌마는 파키스탄으로 떠난 아프간 여성들이 조직한 여성협회 회원들과 연결되어 있었다.

"어디로 가세요?"

"여성협회에 사촌이 있는데, 내가 오길 바라지."

"그곳에도 학교가 있나요?"

"없으면 우리가 만들어야지. 파키스탄에 사는 아프간의 삶은 힘겹지. 가면 할 일이 아주 많아."

"샤우지아도 데려가 주세요."

"샤우지아?"

"떠나고 싶어 해요. 여기 있는 것이 싫은가 봐요. 샤우지아도 데려가 줄 거죠? 샤우지아가 호위해 줄 거예요."

"샤우지아에겐 가족이 있잖아. 그럼 그 애가 가족을 떠난다는 거야? 게임이 힘들다고 팀을 버린다고?"

파바나는 할 말이 없었다. 어떤 면에서는 위라 아줌마가 옳다. 아줌마 말대로 팀을 버리는 일이니까. 하지만 샤우지아도 옳다. 사람에겐 더 나은 삶을 찾을 권리가 있지 않을까? 파바나는 누가 더 옳은지 판단할 수 없었다.

마자리로 떠나기 며칠 전, 파바나는 평소와 다름없이 시장에 나가 담요에 앉아 있는데, 머리 위로 뭔가가 떨어졌다. 비즈 낙타였다. 창문 안의 여자는 아직 살아 있다. 그녀는 괜찮았다. 적어도 자신이 아직 그곳에 있다는 것을 알릴 만큼은 무사했다.

파바나는 침착하게 어떻게 작별 인사를 해야 할지를 고민했다.

좋은 방법이 생각났다.

집에서 점심을 먹고, 다시 시장으로 돌아온 파바나는 폭발로 파괴된 담장 밑으로 주르륵 핀 야생화 몇 그루를 캐냈다. 지난 몇 년간 이곳에 이 꽃들이 피어난 거로 보아, 이 야생화는 해마다 피어나는 꽃이라는 생각이 들었다.

이 꽃을 내가 늘 앉던 장소에 심는다면 창문 안 여자는 이젠 내가 오지 않을 거라고 눈치챌 거야, 라고 생각했다.

예쁜 꽃이다. 이 꽃이 창문 속 여자에게 좋은 선물이 되었으면 좋겠다.

파바나는 처음에는 발로 차서 단단한 땅을 파기 시작했고, 그다음엔 돌과 손을 이용해서 팠다.

시장에 있는 남자들과 소년들이 파바나 주위에 모여들었다. 호기심에 가득 차서.

"이런 땅에선 저 꽃이 자라날 수 없어. 영양분이 없잖아."

누군가가 말했다.

"살아난다 해도 짓밟힐 텐데."

"시장은 꽃을 심는 장소가 아니야. 왜 그곳에 꽃을 심는 거니?"

조롱 섞인 목소리들 사이로 다른 목소리가 들려 왔다.

"아무도 자연에 감사할 줄 모르는 거요? 이 애는 칙칙한 이 시장에 작은 아름다움을 가져 왔소. 오히려 고마워해야 하지 않겠소? 이 아이를 도웁시다."

한 노인이 사람들을 헤치고 앞으로 나왔다.

노인은 힘겹게 무릎을 꿇고는, 파바나가 꽃을 심는 것을 도왔다.

"아프간 사람들은 아름다운 것을 사랑하는데, 요즘엔 너무 추한 것들만 봐왔어. 가끔 꽃처럼 아름다운 것이 있다는 것을 잊지."

노인은 구경하고 있던 차 배달 소년에게 물을 좀 가져오라고 했다. 배달 소년이 물을 길어 오자, 노인은 꽃 주변에 물을 주었고 흙은 촉촉해졌다.

꽃은 이미 시들어서 똑바로 서 있지 못했다.

"죽었나요?"

파바나가 노인에게 물었다.

"아니, 아직 죽지 않았어. 지금은 시들어서 죽은 것처럼 보이지만 뿌리는 괜찮아. 시간이 지나면 강하고 튼튼하게 피어날 거야."

노인은 마지막으로 땅을 토닥였고, 파바나와 다른 한 사람이 노인이 일어나는 것을 도왔다. 노인이 파바나를 보고 한 번 더 웃더니, 저 멀리 멀어져 갔다.

파바나는 꽃 옆에서 사람들이 다 흩어질 때까지 기다렸다가 아무도 보는 사람이 없을 때 창문을 올려다보고 재빨리 손을 흔들어 작별 인사를 했다. 확신할 수는 없었지만 창문 안의 여자가 답례로 손을 흔드는 것 같았다.

이틀 뒤 떠날 준비가 됐다. 먼저 떠난 가족이 그랬던 것처럼, 그들도 트럭을 이용하기로 했다.

"저는 아버지 아들로 떠나나요, 딸로 떠나나요?"

파바나가 물었다.

"네 맘대로 하렴. 어느 쪽이든 너는 내 작은 말랄라이니까."

"여기 무엇이 있나 좀 봐!"

위라 아줌마는 부르카 안에서 잡지 몇 권을 꺼냈다.

"멋지지 않니?"

파바나는 빠르게 잡지를 훑어보았다.

"멋져요!"

"엄마를 만나면 이 잡지를 전 세계에 배포할 거라고 말해줘. 네 엄마는 아프가니스탄 상황을 세상에 알리는 데 큰도움을 주었어. 명심하고 꼭 전해야 해. 네 엄마가 한 일은 매우 중요한 일이야. 빨리 돌아와서 다음 호를 발행하기를 기다리고 있다고 전해줘."

"꼭 전할게요."

파바나는 위라 아줌마를 껴안았다. 아줌마와 호마는 똑같이 부르카를 입고 있었지만 누가 누구인지는 안아 보면 알수 있다.

트럭이 막 출발하려는데, 샤우지아가 나타났다.

"왔구나!"

파바나가 샤우지아를 끌어안았다.

"잘 가, 파바나."

샤우지아는 파바나에게 말린 자두 한 봉지를 건넸다.

"나도 곧 떠날 거야. 나를 양치기로 파키스탄에 데려갈 유목민을 만났어. 내년 봄까지 기다리지 못하겠어. 너 없는 이곳은 너무 외로워."

파바나는 샤우지아와 헤어지고 싶지 않았다.

"우리 언제 다시 보지? 어떻게 연락하지?"

파바나가 두려워하며 물었다.

"생각해봤는데, 20년 뒤에 봄의 첫날 만나는 거야."

"좋아, 근데 어디서?"

"파리에 있는 에펠탑 꼭대기에서. 말했지, 난 프랑스로 간다고."

파바나는 웃었다.

"그곳에 갈게. 그럼 우리 작별 인사는 하지 말고 다시 만날 때까지라고 하자."

"다시 만날 때까지."

샤우지아가 말했다.

파바나는 마지막으로 샤우지아와 포옹하고는 트럭에 올라탔다. 두 아이는 트럭이 멀어질 때까지 서로 손을 흔들었다.

지금부터 20년 뒤라. 그동안 무슨 일이 일어나게 될까? 그때까지 아프가니스탄에 있게 될까? 그때쯤이면 아프가니스탄은 평화를 얻게 될까? 나는 학교로 돌아갈 수 있을까? 직업은 가졌을까? 결혼은 했을까?

알 수 없는 미래가 펼쳐져 있다. 엄마와 언니와 동생은 어딘가에 함께 있겠지만 어떻게 찾아야 할지 모른다. 무슨 일이 일어날지 모르지만 이미 마음의 준비는 끝났다.

파바나는 아버지 옆에 앉아서 말린 자두를 입에 넣고 혀로 굴리면서 그 달콤함을 음미했다. 먼지투성이인 트럭 창문을 통해 꼭대기가 눈으로 덮여 반짝이는 파바나 산이 보였다.

아프간을 말하다

이슬람 국가인 아프가니스탄은 중앙아시아의 작은 나라지만 세계의 지붕인 힌두쿠시 산맥이 가로지르고, 급류가 흐르는 강들과 황금 사막들이 있습니다. 아프간의 비옥한 계곡에서는 풍부한 과일과 밀, 채소들이 생산되지요. 역사적으로 정복자들과 탐험가들은 아프가니스탄을 중동에 진출하는 관문으로 여겼습니다.

친미 세력과 친소련 세력이 막강하게 대립하던 1978년 이후로 아프가니스탄은 전쟁에 휘말립니다. 1980년 소련의 침략을 계기로 건물들이 폭파되고, 많은 사람이 죽으며 전쟁이 고조되었지요.

1989년에 소련이 물러간 뒤에는 내란이 일어나 여러 세력이 아프간을 통치하려고 싸웠고, 이런 혼란 속에서 탈레반이 정권을 잡았습니다. 원래 이들은 소련과의 전쟁에서 부모를 잃은 고아 소년들이었는데, 포로로 끌려가 파키스탄과 미국의 비밀경찰이 조직한 특별 군사학교에서 훈련을 받게 됩니다. 결국 이들이 이슬람 군대를 결성했고, 1996년 9월, 수도 카불을 점령하기에 이릅니다.

이슬람 극단주의자인 탈레반은 여성들에게 극도로 잔혹한 법률을 강요합니다. 여학교는 문을 닫았고, 여자들은 직업을 가질 수 없었으며, 몸 전체를 가리는 부르카를 입어야 했지요. 탈레반은 지식인을 원치 않았기에 책을 모조리 불태웠고, 텔레비전이나 음악 등 모든 문화를 즐기는 것을 금하였고, 어떠한 형태의 출판도 허락하지 않았습니다. 반대세력은 닥치는 대로 학살했고, 수많은 사람을 투옥했지요. 교도소에 간 사람 중 일부는 소리소문없이 사라졌으며, 그 가족들은 이런 사실조차 알지 못했습니다.

전쟁의 파괴와 탈레반의 잔혹함으로 많은 사람이 조국을 버릴 수밖에 없었습니다. 이들은 국제 난민이 되어 이란과 파키스탄의 난민촌으로 도망쳤습니다.

탈레반이 세력을 잃자, 많은 난민이 돌아왔지만, 수십 년에 걸친 전쟁으로 나라는 쑥대밭이 되었습니다. 다리와 도로, 발전소 등은 모두 파괴되었고 마실 물조차 턱없이 부족한 상황이었지요. 농사짓는 밭에까지 지뢰를 파묻었기 때문에 농사도 불가능한 상태였고요. 그 결과로 많은 사람이 굶어 죽거나 영양실조로 생명을 잃어야 했습니다.

이런 상황 속에서도 아프가니스탄이 재건될 수 있다는 희망은 보이기 시작했습니다. 학교가 다시 열려 교육받을 기회가 생긴 것입니다. 어느 지역에 학교가 있다면, 가족이 아이들을 학교에 보낼 여유만 있다면, 훈련된 선생님만 있다면, 책이나 혹은 사용할 수 있는 분필 조각만 있다면, 아이들에게 내일의 희망이 생긴 겁니다. 여전히 아프간 여성들과 여자아이들의 미래는 불확실한 상태이지만 말입니다.

아프간 사람들이 학교와 도서관, 병원, 도로를 재건하고 기본 필수품을 공급받으려면 전 세계 사람들의 도움이 필요합니다. 그렇기에 이 책의 인세는 아프가니스탄 여성들과 전 세계 거리의 아이들을 위한 비영리 단체인 스트리트 키즈 인터내셔널에 기부합니다.

옮긴이 • 권혁정

영어영문학을 전공했고, 학교에서 아이들을 가르쳤다. 지금은 출판 일을 하며 틈틈히 번역 일을 즐긴다. 옮긴 책으로는『책벌레 만들기』『까칠한 girl의 가출이야기』『헤티, 월스트리트의 마녀』『레이첼 카슨』『오프라 윈프리』『제인구달』『헨리데이비드 소로』『우주전쟁』『어느 날 갑자기 생긴 일』외 다수가 있다.

브레드위너, 첫 번째 이야기

카불시장의 남장 소녀들

첫판 1쇄 인쇄 2017년 09월 01일

첫판 2쇄 발행 2020년 04월 01일

지은이 데보라 엘리스 | 옮긴이 권혁정

디자인(본문,표지) 빈집 binjib.com

발행인 권혁정 | 펴낸곳 나무처럼

주소 고양시 일산동구 강촌로26번길 49, 3층

전화 031) 903-7220 | 팩스 031) 903-7230

E-mail nspub@naver.com

ISBN 978-89-92877-40-4 (44840)

　　　978-89-92877-39-8(세트)

*책값은 뒤표지에 있습니다.

ⓒ 나무처럼 2017 NamuBooks

「이 도서의 국립중앙도서관 출판예정도서목록(CIP)은 서지정보유통지원시스템 홈페이지(http://seoji.nl.go.kr)와 국가자료공동목록시스템(http://www.nl.go.kr/kolisnet)에서 이용하실 수 있습니다.(CIP제어번호: CIP2017014867)」

The Breadwinner